ぶらり平蔵

決定版⑫奪 還

吉岡道夫

コスミック・時代文庫

本書は二〇一一年十一月に刊行された「ぶらり平蔵　奪還」を改訂した「決定版」です。

目次

「ぶらり平蔵」主な登場人物

神谷《かみや》平蔵《へいぞう》　旗本千八百石、神谷家の次男。医者にして鐘捲《かねまき》流免許皆伝の剣客。千駄木・団子坂上の一軒家に新妻の篠《しの》とともに暮らしている。

矢部《やべ》伝八郎《でんぱちろう》　平蔵の剣友。武家の寡婦《かふ》・育代《いくよ》と所帯を持ち小網町道場に暮らす。

笹倉新八《ささくらしんぱち》　元村上藩徒士《かち》目付。篠山検校《しのやまけんぎょう》屋敷の用心棒。念流《ねんりゅう》の遣い手。

柘植杏平《つげきょうへい》　異形の剣を遣う剣客。思いがけず平蔵や伝八郎と昵懇《じっこん》の間柄に。

宮内庄兵衛《みやうちしょうべえ》　黒鍬《くろくわ》組二の組を束ねる頭領。なにかと平蔵たちを気遣う世話焼き。

おもん　公儀隠密の黒鍬者。料理屋［真砂］の女中頭など、様々な顔をもつ。

小笹《こざさ》　おもんに仕える若き女忍。

斧田《おのだ》晋吾《しんご》　北町奉行所定町廻り同心。スッポンの異名を持つ探索の腕利き。

本所《ほんじょ》の常吉《つねきち》　斧田の手下の岡っ引き。女房のおえいは料理屋［すみだ川］の女将《おかみ》。

猪口仲蔵《いぐちなかぞう》　京坂の大盗・八文字屋喜兵衛《はちもんじやきへえ》の片腕。タイ捨流《しやりゅう》を遣う剣客。
蟹の又佐《かにのまたざ》　猪口仲蔵の腹心。平家蟹のような異相。
牛若の半次郎《うしわかのはんじろう》　猪口仲蔵の腹心。美貌の若侍。
河童の孫六《かっぱのまごろく》　猪口仲蔵の腹心。船乗りあがりの悪党。
瑞枝《みずえ》　永代寺門前東仲町の水茶屋［しののめ］の女将。猪口仲蔵の情婦。
逸見惣兵衛《いつみそうべえ》　禄高三千三百石の大身旗本。畳奉行。八右衛門新田に下屋敷がある。
博多屋庄佐衛門《はかたやしょうざえもん》　抜け荷で荒稼ぎする豪商。拐《かどわ》かし事件の黒幕。
小川笙船《おがわしょうせん》　伝通院《でんずういん》前に治療所を開く町医者。貧乏人からは金を取らない器量人。
お絹《きぬ》　根津権現門前町の小料理屋［桔梗《ききょう》や］の女将。
お糸《いと》　相模の商家の娘。お絹の姪《めい》。
千恵《ちえ》　下谷御成《おなり》街道の武具商［武蔵屋《むさしや》］の娘。

序章　天災人災

一

～ご当節　笑いがとまらぬご繁昌《はんじよう》　筍《たけのこ》医者に八十八屋《はちじゆうはちや》　濡れ手に粟《あわ》の御蔵宿《おくらやど》。
よく透る美声にあわせて三味線《しやみせん》のバチがジャンジャンとはやしたて、笛太鼓《ふえたいこ》が弾みをつけて響きわたる。

「ほう、またぞろ賑《にぎ》やかにやっているな」

神谷平蔵《かみやへいぞう》は裏庭の竹垣から団子坂《だんござか》を見下ろしながら、もぎたての茄子《なす》にかぶりついて苦笑いした。

この茄子は手鞠《てまり》のように丸く、生で囓《かじ》っても歯ざわりがいい。水茄子といって京坂《けいはん》のめずらしい品だと苗売《なえう》りにすすめられた。

そのかわり水やりを怠けると育ちが悪いといわれたから、平蔵は朝夕せっせと水やりをしたものだ。

皮がしゃきっとしていて、中身はふわっとしている。

姉さまかぶりで畑からもいだ茄子と胡瓜《きゅうり》を笊《ざる》にいれていた新妻の篠《しの》が、腰をあげながら口を尖《とが》らせた。

「おまえさま。あんなことをいわせておいていいんですか」

「あの、お囃子《はやし》か……」

「ええ、筍だなんていわれる筋合いはございませんわ」

「いいじゃないか、そう目くじらをたてずともよかろう。藪《やぶ》より筍のほうが売り物になるだけましだぞ」

「もう、そのような……」

「ふふふ、住吉《すみよし》踊りか、太神楽《だいかぐら》か知らんが、なかなかうまい口上をいうじゃないか。町人は世の中をよくみておると思わんか」

「でも……」

「なに、筍だろうが、怪我をしたり病いにかかったりすればちゃんと医者のところにくる。気にすることなどありはせんよ」

平蔵はこともなげに笑って、食いかけの茄子にかぶりついた。

今年は未曾有《みぞう》の旱魃《かんばつ》で、全国の米相場を左右する大坂堂島《どうじま》の米価が高騰《こうとう》し、米屋が買い占めにかかって、なおさら米価をつり上げている。

八十八屋とは米の字をくずして皮肉ったものだ。

蔵宿は万石以下の禄米を受ける小禄の旗本や、御家人《ごけにん》などに禄米を担保に金を貸しつける商人のことである。

蔵宿はもっぱら浅草《あさくさ》の公儀御《お》米蔵《こめぐら》前にかたまっていたため「蔵前《くらまえ》の札差」ともよばれている。

札差からの借金がふくらんだ旗本のなかには、札差の手代などを用人として召し抱え、財政を任せっぱなしにするものもいた。

医者と米屋と蔵宿が戯《ざ》れ唄《うた》のネタにされるようになったのは、この年の異常な猛暑と旱魃のためともいえる。

旱魃のおかげで水不足に悩まされた下町の住人たちは、水売り商人が江戸川の上流から桶《おけ》に汲《く》みあげ、荷舟で運んできた水を買っている。

なかには水質が悪く、下痢《げり》をするもの、水買いの銭をケチって便秘に悩むもの、夏風邪をひくものも出てきて、医者が繁盛していることもたしかだった。

そのため、祈禱《きとう》師《し》や占い師までが医者の看板をあげた出来合いの筍医者もふえてている。
篠がむくれているのはそのことだった。
なにしろ、平蔵が団子坂上に医者の看板を出して、まだ二年ほどだから筍には
ちがいない。
「ま、筍なら藪よりはましだろうよ。ただの竹藪じゃ一文にもならんからな」
「もう！　存じませぬ」
篠はもぎたての茄子と胡瓜の笊をかかえると、ふたつの臀《しり》をくりくりと左右に
ふりたて、下駄《げた》の音をカラコロと鳴らしながら裏口にもどっていった。
——あやつめ……。
嫁にきて一年近くもたつと、女というのは臀でものをいうようになるらしい。
——このところ、すこし、甘やかしすぎたかな……。
水茄子のような篠の臀を見送って平蔵は苦笑した。
またまた団子坂下から、三味線のバチがひときわ冴《さ》えて響きわたった。
〜さてまた花のお江戸のご難儀は　とめてとまらぬ上州《じょうしゅう》おろしの空っ風　赤馬
(火事) 走りにご用心！
ジャンジャンとバチの音にあわせて、よく透る声を張りあげた。

〜夜道の辻斬《つじぎ》り強盗に拐《かどわ》かし　夏風邪　目病みに腹くだし　赤馬防ぎには水神《すいじん》さまの御札が一番！

ここで笛太鼓がひときわ賑やかにはやしたてると口上が声を張りあげる。

〜さてお立ち会い！　夏風邪と腹くだしには越後《えちご》の黄金丹《おうごんたん》！　越後の黄金丹！

なんのことはない、水神さまの御札の売り込みかと思ったら、どうやら越後の黄金丹とかいう丸薬を売るための口上のようだ。

たしかに篠が目くじらたてるとおり、医者の商売敵《がたき》にはちがいないと苦笑した。

〜これにまさる妙薬は天下にふたつとございませんよう。さぁ、買った。買った！　買うは法楽。買わぬは地獄！

それにしても、江戸の町人の泣き所をよく心得た口上だなと感心した。

二

この年は一昨年とおなじく一月七日に元数寄屋町《もとすきやちょう》から出火した火の手が風に煽《あお》られ、尾張藩《おわりはん》浜屋敷まで焼き払う大火になった。

ついで二十二日には小石川《こいしかわ》で出火した赤馬が本郷《ほんごう》から駿河台《するがだい》に飛び火し、神田《かんだ》、日本橋《にほんばし》、深川《ふかがわ》にいたるまで燃えひろがって、死者も三千人を数える大惨事になった。

火の手はなおもおさまらず、翌日には赤坂《あかさか》から音羽《おとわ》まで赤馬は走りまわった。江戸の町はあちこちが焼け跡になり、木場《きば》の材木も高騰し、焼け跡の始末をする鳶職《とびしょく》と大工の日当は倍に跳ね上がった。

関東ばかりか各地で旱魃がつづき、米の収穫は昨年の半分にも満たないだろう。

——水は慈雨、天の恵みでしかない。

だれもが天の慈悲を乞うて稲藁《いなわら》を積みあげて火を放ち、空に燃えあがる黒煙にひれ伏して祈りを捧げた。

幕府も、諸藩も、こぞって神社仏閣に祈禱を依頼したが、その甲斐《かい》はなく、儲《もう》かったのは祈禱料をもらった神官と坊主だけだった。

野菜は育たず、米麦の実りも望めないとあれば水呑み百姓は首を吊るしかない。いつの世も貧乏人は踏んだり蹴ったり、泣きっ面《つら》に蜂《はち》だ。

むろん、平蔵も貧乏医者の口だが、さいわい裏に掘り抜き井戸があるだけ、水には恵まれている。

しかし、本所《ほんじょ》、深川、築地《つきじ》、鉄砲州《てっぽうず》あたりは大半が埋め立て地だけに井戸を掘っても塩辛い水しか出ない。

日照りつづきのせいで、江戸の市中は深刻な水不足におちいった。

「ええ〜水っ！　水はいらんかねぇ〜。水っ！　冷やっこい水がたったの八文！　天下の名水がただの八文、買うは法楽、買わなきゃ損、損、損！」

捻《ねじ》り鉢巻《はちまき》に褌《ふんどし》一本しめただけの水売りの男が、天秤棒《てんびんぼう》の両端に薦《こも》をかけた水桶をかついで、日盛りの盛り場を声を張りあげて売り歩くのが目につくようになった。

水売りは江戸の名物で、例年は一杯四文で売られていたが、これも、今年は倍の八文にはねあがっていた。

しかも汲みたての井戸水に砂糖で甘みをくわえただけで、八文の水が二十四文にもなった。だが、甘いものには目がない女房たちは威勢のいい口上に誘われて、つい巾着《きんちゃく》の紐《ひも》をゆるめてしまう。

三

皮肉なことに、いつもは閑古鳥《かんこどり》が鳴いていて筍医者の部類にはいる平蔵の治療所にも、今年は日に少なくても五、六人は患者がくるようになった。

とはいえ、なにせ、平蔵のところにくる患者のほとんどが、近くの根津権現《ねづごんげん》の門前町や根津宮永町《みやながちょう》、千駄木《せんだぎ》坂下町《さかしたちょう》や谷《や》中三崎町《なかさんさきちょう》の長屋に住む職人たちや天秤棒や風呂敷包みをかついで市中を売り歩く小商人《こあきんど》たちと、その女房子供たちだから、おしなべて懐《ふところ》具合はごく貧しい。

たった三百文か、五百文の薬代も節季《せっき》払《ばら》いにしてくれと泣きつかれる。

「おい。治療代はともかく、薬代ぐらいはなんとかならんのか。ン？」

と文句をいうと、去年の秋に娶《めと》ったばかりの新妻の篠がかたわらから、

「いいんですよ。そんなことは気にしないでちゃんと養生《ようじょう》してくださいね」

などと甘いことをいうものだから、治療所は繁盛しているものの、実入りは雀《すずめ》の涙のようなものだ。

笑いがとまらぬご繁昌どころか、それこそ泣きっ面に蜂の心境だった。

朝餉《あさげ》をすませて間もなく、団子坂下の銀杏《ぎんなん》長屋に住んでいる吾助《ごすけ》という大工の女房のおうめが、三日も下痢がとまらないと泣きついてきた。

銀杏長屋は木戸のかたわらに銀杏《いちょう》の雌木の老樹があって、晩秋のころは銀杏の実を拾うのを子供ばかりか大人まで楽しみにしていることから長屋の名前になっ

ている。

ここは篠が独り身だったころ住んでいた九尺二間《くしやくにけん》の棟割長屋で、篠は隣の吾助夫婦と米や味噌を貸し借りしあっていたほどの親しい間柄でもある。

おうめは六つ年下の二十四だが、もう五つになる三吉《さんきち》という男の子がいる。

「どうしたんですよ。おうめさん」

裏の井戸端で洗濯をしていた篠が着物を裾《すそ》っからげにしたまま顔を見せた。

「どうもこうもありゃしないわ。おとついの朝から晩まで下っ腹がぴぃぴぃゴロゴロ泣きっぱなしで、お粥《かゆ》食べたって、ろくに身につきゃしないのよ」

「あらま、たいへん。なんだって、そんなにひどくなる前に来なかったんですか」

「だって、うちのバカが五日分の手当を棟梁《とうりよう》からもらったまんまで浅草に飲みにいっちゃってさ。酔っぱらった帰りにそっくり巾着切りにやられちまったんですよう」

「まぁ、それは災難ね」

「でしょう。まさかオケラじゃ、せんせいのところに来られやしないもの」

上目遣《うわめづか》いに平蔵の顔色をうかがった。

「このまえ、三吉が風邪ひいたときのツケだって残ってるしさ。ねぇ、せんせい」

だいたいが、おうめは日頃から亭主を臀に敷きっぱなしで、稼ぎをふんだくっては芝居見物にいれあげている。

そればかりか、おうめは夫婦喧嘩《げんか》になると亭主の吾助と取っ組み合いも辞さないという評判の猛妻である。

――なにがオケラだ……。

平蔵、じろりと睨《にら》みつけたが、おうめは篠とも昵懇《じっこん》の仲だ。

そう邪慳《じゃけん》にもあつかうわけにはいかないが、いまにもお陀仏《だぶつ》になりそうな泣き言をこぼしているわりには血色もいいし、声にも張りがある。

もともと胸も臀もプリプリしている太りぎみの女で、二、三日、絶食しても痩せるようなヤワな女ではない。

このぶんじゃ、たいしたことはなさそうだなと踏んだ。

そのあいだに篠が治療室がわりの三畳間に敷き布団を敷いたうえに油紙をかけ、白い綿布でくるみはじめた。

油紙を敷くのは治療のとき、血が敷き布団に染みつかないようにするためである。

「おい。オケラというのは一文無しのことをいうんだぞ。吾助ほどの腕のいい大工が稼ぎの悪いはずがなかろうが」

「え……」

「だいたいがおれのところの払いなど、大工の一日の手間賃から見れば蚤《のみ》の糞《ふん》にもあたらんはずだぞ」

「まさかぁ、そんな……」

「なにが、まさかだ。大工の日当は一日四匁《もんめ》二分、それに飯米代が一匁二分、〆《しめ》て五匁四分。ジャンと半鐘《はんしょう》が鳴って火事にでもなりゃ日当もピンとはねあがる」

「あれれ、よく知ってますねぇ」

「あたりまえだ。おれは長いあいだ長屋暮らしをしていたからな」

「へええ、せんせいも長屋暮らししたことあるんですか」

「ああ、隣が大工の夫婦者で長屋じゃ一番の稼ぎ頭《がしら》だったからな。女房がややこを産むときとりあげてやったら、角樽《つのだる》に二分の祝儀まで添えて礼にきてくれたぞ」

角樽ではなくて貧乏徳利《びんぼうどつくり》の酒だったが、二分の祝儀をよこしたのはほんとうだ。

「ま、ウチのバカとはおおちがい」

「おい、吾助みたいな働き者の亭主をバカとはなんだ」

ここはひとつ気の弱い吾助にかわって睨みをきかせてやることにした。

「いいか。吾助みたいに真面目で腕のいい大工は一年で三、四十両は稼げるはずだ。ことに今年は赤馬が暴れたおかげで、大工の当たり年だぞ。吾助なら年の瀬までには五、六十両は楽に稼ぐだろうよ」

「え……嘘ですよ。そんな」

「嘘なもんか。なんなら吾助の親方に聞いてみろ」

「…………」

おうめは形勢不利とみて、だんまりをきめこんでいる。

「ま、うらやましいこと。年に五十両もあれば左団扇《ひだりうちわ》じゃありませんか」

篠が目を瞠《みは》った途端、おうめがプッと頬をふくらませて反撃した。

「なにが左団扇なもんですか。ウチなんか一年中それこそ火の車で、質屋がよいばっかりなんだから」

「そりゃ、おまえが芝居好きで無駄金を使いすぎるからだろうが」

平蔵が一蹴《いっしゅう》したが、おうめはへこたれずに口を尖らせた。

「そんなぁ、今年なんか、まだ初春興業と皐月《さつき》興業にいったきりですよ」

「二度も芝居見物に行けば上等だろうが。ごってりと白塗りした団十郎《だんじゅうろう》や菊之丞《きくのじょう》の面よりも、日焼けした吾助の面のほうがずんと味があるぞ」

「ぷっ、よしてくださいよ、せんせい。うちの宿六《やどろく》の顔なんぞ、煮物の出汁《だし》にもなりゃしませんよう」

　なんとも口達者な女だ。

「ま、そのくらい減らず口をたたけるなら、腹下しもたいしたことはなさそうだ。まぁ、よかろう。今日のところはツケでもいいが、吾助の日当がはいったらきちんともってこいよ」

「え、ええ。わかりましたよう……」

「ところで腹下しはおまえだけか。吾助や子供はどうなんだ」

「それなんですよ、せんせい。うちのも三吉もピンピンしてるんだから、悔しいっちゃありゃしない」

「バカもん！　稼ぎ手の吾助がピンピンしてるのはなによりだろうが。そんなことをほざいてると、そのうち吾助から三下《みくだ》り半《はん》を突きつけられるぞ」

「ふふっ、まさかぁ……」

自信満々でほざいた。

「うちの人、あたしに首ったけだもん」

こういう手合いは始末に悪い。

四

ともかく、おうめを治療室がわりにしている玄関脇の三畳間の診察用の布団に寝かせて、仰臥《ぎょうが》させ、肌着のうえから胃袋のあたりを掌《てのひら》で探りながら触診したが、胃袋は柔らかく、気になるような痼《しこ》りはなかった。

おうめのうえに跨《また》ると鳩尾《みぞおち》にある梅花《ばいか》というツボを双の親指で静かに指圧を繰り返し、ついで臍四辺《さいしへん》という腹水のツボと、そのすこしうえにある水上《すいじょう》という下痢、腹痛のツボを指圧した。

これらのツボは大坂にいる指圧と針灸《しんきゅう》を得意とする親友の渕上洪介《ふちがみこうすけ》から教わった中国医療で、平蔵は針灸の心得はないが、指圧だけでも治療の効能はある。

水上のツボを指圧しはじめると、おうめの腹がすこし動きだした。

「よし、つぎは俯《うつぶ》せになってもらおうか」

「もう、仰向けにしたり、俯せにしたり、あたしは人形じゃないんですからね」

おうめは減らず口をたたくと箱枕をかかえて俯せになった。

背中のうえに跨り、腰骨のうえにある大腸兪《だいちょうゆ》というツボを静かに指圧しはじめると、腸《はらわた》が動きだしたらしくゴロゴロと遠雷のような音がした。

「あ、き、きた！」

ふいに、おうめは泣きだしそうな顔になってむくりと起きあがった。

「せ、せんせい！　も、もれちゃいそう」

「なにぃ」

「か、厠《かわや》はどこなんですか……」

「ちっ！　奥の縁側の突き当たりだ。早くいってこい」

「やだな、もう……」

おうめは腰巻の尻を片手でおさえながら屁《へ》っぴり腰になって奥の間を突っ切り、廊下の端にある厠に駆けていった。

おうめは厠に飛びこむなり、バリバリバリバリッと勇ましく、尻の穴も裂けそうな轟音を響かせた。

熱はないし、食欲もあるというから、単純な下りっ腹のようだった。

下痢にはなんといってもゲンノショウコが一番の妙薬である。

こういうときは胃の妙薬である波布茶《はぶちゃ》といっしょに服用させるのが一番いい。波布茶は弱った胃をととのえる妙薬だが、波布茶を多くすると腹をくだしかねない。

おうめには毒消しの薬といっしょにゲンノショウコと波布茶を処方してやった。

「いいか、ゲンノショウコを八分、波布茶を二分ぐらいの割合で混ぜて、土瓶《どびん》で薬湯《やくとう》が黒くなるほどよく煎《せん》じろ。下痢が止まるまで日に五、六度は飲むんだぞ」

「せんせい、お砂糖は出ないんですか」

「バカ。砂糖は粥も食えないような重病人か子供にしか出さん」

「なんだ。つまんないの……」

アテがはずれたらしく、不服そうにプッと頬をふくらませて帰っていった。

五

二人目の患者は担ぎの青物売りの源助《げんすけ》という男で、足を挫《くじ》いたらしく、松葉杖《まつばづえ》をついてやってきた。

捻挫《ねんざ》の治療をしたうえで湿布薬を渡してやったが、当分は商いに出られないから、払いは足が治ってからにしてくれという。

やむをえず、源助もツケにしてやった。

三人目は坂下町で菜屋をしている嘉平《かへい》の女房のおすめという年増《としま》だったが、おうめとは逆に十日も便が出ないため、腹が張って食欲までなくなってしまったという。

おすめは色白だが、ぽっちゃりした肥体で、出歩くと汗をかくので夏は家にいることが多いという。

そのせいで胃腸のはたらきが鈍くなっているうえ、水をあまり飲まないためによけい通じが悪くなっているようだった。

触診してみると、胃袋は柔らかく、腸は糞便がつまっているが気になるような痼りはなかった。

「心配はいらん。薬は出してやるが、まずは、せっせと水を飲んで、せっせと躰を動かすことだな。手桶をさげて、うちの井戸水を汲みに来るといい。そうすれば腸の動きもよくなるし、便も出やすくなる」

「あたし、坂道が苦手なんですよ。太っているから息が切れちまって……」

「そんなことをいってると糞が詰まって七転八倒することになるぞ。口から糞が出てくるようになったらどうする」

「そんな、脅かさないでくださいよう」

「脅しじゃない。糞づまりで死んだやつもいるんだぞ」

「え……」

「いいか、快食、快眠、快便で日々を過ごすことが長生きの秘訣《ひけつ》だ」

よく肥えたおすめの白い腹をポンと叩いてやった。

「だいたい、こんな布袋《ほてい》さまのような腹をしてちゃ嘉平だって抱く気になれんだろう」

「あら、うちのひとはあたしみたいなポッチャリした女が好きなんですってよ」

「そりゃ嘉平が優しいからそういってるだけでな。キリギリスみたいな女よりはいいかも知れんが、太りすぎは短命のもとだぞ」

「わかりましたよう……」

「いいか。あんまり糞がつまると、尻の穴に竹篦《たけべら》をこじいれてかきだすことになるぞ」

「いやですよう、そんな……」

「いいな。糞が出ないからといって飯を食わずにいると、なおさら糞がつまる。よく食って、躰を動かすことだ」

おすめには臓腑《ぞうふ》のはたらきをよくする委蕤《いずい》というアマドコロの根茎の粉末と、波布茶を処方して出してやった。

波布茶は下手《へた》な下剤より効き目があるし、胃の働きをよくする効能がある。

委蕤は古来から「軽身延命」の妙薬で、肥満をおさえ、臓腑の働きをよくし、強精にも効能がある。

「こっちは嘉平にも飲ませてやるといい。夏バテにも効くし、夜も励んでくれるぞ」

「あら、いやだ……」

妙に腰をくねらせ、頬を赧《あか》らめたところを見ると、肥体にかかわらず好き者らしい。

嘉平の店で売っている煮豆や、蒟蒻《こんにゃく》、慈姑《くわい》、蓮根《れんこん》、刻み牛蒡《ごぼう》などの煮付けは醤油《しょうゆ》の味付けがほどよく、篠もときおり買いにいっては重宝しているので診察代はなしにしてやったが、二朱の薬代ぐらいはもらいたいところだった。しかし、篠は一朱でいいわよと半額にしてしまった。

顔なじみの患者はどうしても代金を安くしてしまうことになる。

四人目は団子坂下に住む版木彫りの職人で源太《げんた》という男だったが、左目が真っ赤に充血し、仕事がはかどらないという。

瞼《まぶた》を裏返しにしてみたが、膿《う》んでいるようすはなかった。

どうやら版木を彫っているときに木屑《きくず》が目にはいって、手でこすって炎症を起こしているだけのようだ。

「目脂《めやに》が出ていないところをみると、タチの悪いものではなさそうだが、くしゃくしゃするからといって目をごしごし手でこすっちゃいかんぞ」

「へ、へい……」

篠が裏の井戸端に連れていって、小盥《こだらい》にいれた井戸水で源太の目を丹念に洗い流してやった。

念のため化膿止めの薬を出してやった。

源太は二百五十文の治療代をちゃんと払って帰ったから、上客の部類だが、あとはツケの患者が三人もつづいた。

いくら繁盛しても、このぶんじゃ、薬問屋の支払いもできんようになるぞとうんざりしていると、昼前におゆみという駒込片町《こまごめかたまち》で三味線の師匠をしている年増がやってきた。

六

おゆみは芸者あがりだけに柳腰で姿はいいが、骨盤がひ弱く、腰痛になっては平蔵のところに治療にくる。

この女の腰痛は持病で、近頃は正座するのが辛《つら》くて弟子に稽古《けいこ》をつけるのも苦痛になってきたという。

いつも支払いは気前のいい女で、とびきりの上客にはいる。

いつものように腰にじっくり温湿布をしてやって、漢方で［虫瘿《ちゅうえい》］という、マタタビの実を天日干しにし、薬研《やげん》で挽《ひ》いて粉薬にしたのを出してやった。

マタタビは長旅にはかかせない万能薬で、不老長寿、強精にも卓効がある。

おゆみには日本橋横山町《よこやまちょう》で小間物問屋をやっている旦那《だんな》がいて、おゆみにぞっこんで三日にあげずに通ってくる。

旦那は五十男だが、担いの小売りからたたきあげて問屋になった働き者だけに筋骨も逞《たくま》しく、精力絶倫らしい大男である。

おゆみの腰痛は三味線の稽古より、旦那に原因があるのではないかとみているが、こればかりは医者の与《あずか》り知らぬところだ。

おゆみは温湿布が効いて、ずいぶん楽になったと喜んだ。

治療代と薬代で一分のところを、おゆみは四倍の一両もはずんで帰っていった。

やはり旦那もちの女は鷹揚《おうよう》なものだ。

「あんな患者ばかりなら医者冥利《みようり》につきるんだがな」

ポロリと本音をもらしたら、

「そのようないじましいことをもうされますな」

篠に釘を刺された。

「いじましいとはなんだ。医者も商売のうちだぞ。実入りがないと薬問屋の支払いもできんだろうが」

「そのようなご心配はいりませぬ。いざというときの貯えはしてありますもの」

「ふうむ……」

貯えなどというものにはとんと無関心の平蔵は呆気《あつけ》にとられた。

「その臍繰《へそく》りは簞笥《たんす》の引き出しか、米櫃《こめびつ》にでも隠しておるのか」

「いいえ。そんな空き巣狙いが真っ先に目をつけそうなところにはしまっておりませぬ」

篠はクスッと笑って、唇を耳元に寄せてささやいた。

「なにぃ、糠漬《ぬかづ》けの甕《かめ》……」

またまた唖然《あぜん》とした。

「だって、あそこならだれも目をつけませんし、油紙にしっかり包んで紐をかけたまま糠のなかに漬けてありますの」

「ほう……」

「ですから、火事のときは真っ先に糠漬けの甕から取り出して逃げてくださいましね」

「しかし、糠漬けの中などと、ようも、そのようなことを考えついたものだな」

呆《あき》れたように篠を見つめた。

平蔵は生来が金銭に無頓着《むとんちゃく》で、あればあるだけ惜しげもなく使うし、なければないでそのうちなんとかなるの、その日暮らしで過ごしてきた。

およそ平蔵には銭を貯えるという考えは皆無といっていい。

「どのくらいあるんだ。五十両か、それとも百両ぐらいはあるのか」

「さぁ、どうですかしら……」

篠はクスッと笑った。

「先行きのことはわかりませんが、二人暮らしなら五、六年はご不自由をおかけすることはありませんわ」

そういうと、篠は涼しい顔でサッサと裏庭に出ていった。

「ふうむ……五、六年、か」

それが、どれほどのものか平蔵には見当もつかなかった。

吉宗《よしむね》公暗殺の刺客を防いだとき、紀州藩《きしゆうはん》と兄の忠利《ただとし》から下賜《かし》された金や、旗本阿《あ》能《のう》家の危機を救ったときにもらった礼金をあわせると楽に三、四百両を越える。

それを、そっくり篠に渡してある。

平蔵に万が一のことがあっても、小間物の小店《こだな》ぐらいは開くことができるだろう。

――おなごというのは用心深い生き物だからの……。

平蔵はいまを生きるだけの男だが、篠は先行きのこともしっかり頭にいれて算用をしているようだ。それは決して不快なことではなく、平蔵の気を楽にしてくれることだった。

ともあれ、当分は薬問屋の払いには心配無用らしい。

第一章　根津《ねづ》権現《ごんげん》の曲者《くせもの》

一

その日の午後、七つ（四時）ごろに平蔵は筒袖《つつそで》とカルサンに紺足袋《こんたび》に草鞋履《わらじば》きという身なりで、背中に竹籠《たけかご》を背負い、近くの根津権現社の境内《けいだい》に薬草摘みに出かけた。

カルサンというのは百姓が野良仕事に使うもんぺのように裾《すそ》を絞った袴《はかま》である。草むらにはいるときは菅笠《すげがさ》に足袋と草鞋、裾をしぼったカルサンをはいていたほうが蛇《へび》や虫ふせぎにもなる。

頭に菅笠をかぶり、腰に師匠の佐治《さじ》一竿斎《いっかんさい》から拝領したソボロ助広《すけひろ》を一振り、水をいれた瓢簞《ひょうたん》を紐《ひも》で吊るし、手に草刈り鎌《がま》という土臭い格好だった。

根津権現裏の池の畔《ほとり》にはいろんな薬草が自生している。

この森は千数百年もの昔、東国に跋扈《ばっこ》していた蝦夷《えみし》を征討した日本武尊《やまとたけるのみこと》が創祀《そうし》したと伝えられる古社だが、徳川綱吉《とくがわつなよし》が五代将軍に就くにあたって家康《いえやす》の威風にあやかろうとして権現社殿を奉納したものだ。

境内には樹齢数百年を越える老樹が鬱蒼《うっそう》と生い茂り、社殿の裏には湧き水の水濠もあって、河鹿《かじか》や山椒魚《さんしょううお》まで棲息している。

南には加賀《かが》百万石前田《まえだ》家の上屋敷や水戸《みと》中納言の中屋敷、小笠原信濃守《おがさわらしなののかみ》の下屋敷があり、四方を武家屋敷に囲まれた江戸市中とは思えない閑静な一角だった。

境内の森や水濠の畔にはいろんな薬草が繁茂していて、平蔵が薬問屋から仕入れる出費もすくなるという御利益《ごりやく》もある。

むろん、今日の目当ては森の奥の水濠べりに生えているゲンノショウコだった。

ゲンノショウコは別名「タチマチグサ」「テキメンソウ」「イシャイラズ」と呼ばれているほどの万能薬である。

弱った腸や下痢《げり》止めに卓効があるが、煎《せん》じて日常お茶がわりに飲用すれば、すべての臓器に効能があり、強精にもなるとして古来から知られている。

平蔵はゲンノショウコをよく使うので、暇を見ては刈り取って庭に筵《むしろ》を敷いて天日干しにし、湿気とりの和紙を貼りつめた大きな木箱に保存しているが、このところ腹病みの患者が多く、減るのが早い。

冬になって枯れてしまうまでに、できるだけ刈り取っておくに越したことはない。

境内の水濠の外回りに自生しているゲンノショウコはほとんど採りおわって、残っているのは境内の奥に繁茂している分だけだった。

ふつうは土用の丑《うし》の前後が最適期だが、今年は雨がほとんど降らなかったせいか、まだ実をつける前の紅紫色の花をつけているものもある。

茎は雑草が生い茂る葉陰の下の地表を横に這いながら三尺から五尺ぐらいにのび、ところどころ節から根をのばして育つ繁殖力の強い草でもある。

実が熟すと中から種子が四方に飛び散ってふえるので、花や実をつけているのは来年のために残した。

不用な雑草を鎌で刈り取り、ゲンノショウコの紐のような長い茎を、根ごと引き抜いては背中の竹籠にとりこんでいった。

二

いつの間にか日が西に沈みかけ、薄暮が森をつつみかけてきた。

根津権現の片隅にある駒込稲荷《いなり》のそばに赤く色づいた茱萸《ぐみ》の実が鈴なりについていた。

掌に摘み取った茱萸を口にほうりこみ、稲荷社の濡れ縁《えん》に腰をおろし、茱萸の甘い実をしゃぶりながら瓢箪の水を飲んだ。

汗をぬぐいながら濡れ縁の脇に生えているススキの茎の上でカマキリの雌雄が交尾しているのを眺めた。

カマキリは雌のほうが虫体がはるかに大きいし、交尾がおわると雄は雌に食われてしまう宿命にある。

交尾をおえると雌は雄をおさえつけて頭からむしゃむしゃと食いはじめた。

雄のほうは抗《あらが》いもせずに、おとなしく雌に食われている。

なんとも残酷な光景だが、鮭《さけ》の雄は一匹の雌が卵を川底に産みつけると群がって白子《しらこ》を発射し、おえると死んでしまうのだと聞いたことがある。

毎年、玉川《たまがわ》や神田川に海から遡上《そじょう》してくる鮎《あゆ》も、鮭とおなじで交尾をおえると雌雄ともに死んでしまう。

なんとも酷《むご》いものだと思うが、何十年ものあいだ、せっせと交わりつづける人間のほうが貪欲な生き物なのだろう。

そのかわり人間の夫婦はどんなにがんばっても生涯に生む赤子の数はたかが知れていて、魚や虫のように何百人もの子を生むことはできない。

平蔵などはこれまで何人もの女と交情をもったが、幸か、不幸か一人の子も生まれなかった。

女と交情をもつたびに子が生まれていたらと考えると、なにやら空恐ろしくなる。

おおかた、おれがような風来坊に子をもたせたら、それこそ不幸の種をふやすことになるという天の配慮かも知れない。

薄闇が森にただよいはじめ、涼風がたちはじめた。

ゲンノショウコでいっぱいになった籠を背負い、瓢簞を腰に吊るして駒込稲荷の草むらをあとにすると、根津権現社殿の脇道を抜けて境内に出た。

玉砂利を敷きつめた参道の前には参詣の人影も見られなくなっている。

手ぬぐいを社殿の手洗い水で湿し、首に巻いて外に出た。

広い境内を横切って昌泉院《しょうせんいん》のほうに向かいかけたとき、境内の西南にある清水《きよみず》観音堂《かんのんどう》の階段に腰をかけている浪人者に気づいた。

鼻梁《びりょう》が太く、顎《あご》がしゃくれ気味の、とぼけた馬面《うまづら》をしている。眉尻も目尻もさがり気味で、どことなく茫洋《ぼうよう》とした風貌だった。

月代《さかやき》を青く剃《そ》りあげ、髷《まげ》もきちんと結いあげている。

涼しげな夏羽織に熨斗目《のしめ》のついた袴をつけ、足は黒足袋に雪駄《せった》を履いている。

直参《じきさん》か、どこかの藩士かわからないが身分のある侍のようだった。

——だれぞ、人でも待っているのかな……。

と思ったが、こんな黄昏《たそがれ》どきに人と待ち合わせるというのも解《げ》せぬ。

いささか不審を覚えたとき、観音堂の裏手のほうで低い呻《うめ》き声が聞こえてきた。

「う、うう、うう……ううっ」

なにやら、喉の奥でくぐもった女の声のようだ。

情事のときに女がもらす呻き声にも似ている気がした。

——宵闇《よいやみ》に人目を忍んで逢い引きしている男女でもいるのか……。

一瞬、そう思ったが、女の呻き声にまじって男の下卑《げび》た低い濁声《だみごえ》が聞こえてきた。

「そう怖がらんでええ。ふふふ、ちと可愛がってやろうというだけのことや……」

「う、うう……」

――これは！

あきらかに男が強引に女を手込めにしようとしているようだ。

しかも、男の声には上方訛《かみがたなま》りがある。

――西からくだってきた浪人者か、もしくは上方の藩から江戸詰めになったばかりの田舎侍《いなかざむらい》か……。

いずれにせよ、逢い引きの男女がかわす甘い口舌《くぜつ》ではない。

平蔵は籠をおろして足元におくと、菅笠をはずした。

広い境内を横切って観音堂のほうに向かいかけたとき、階段に腰をかけていた夏羽織の侍がドスの利いた声をかけてきた。

「おい。よけいなお節介はせぬほうが身のためだぞ。盛りのついた犬はやたらと嚙みついてくる」

嘲弄《ちょうろう》するような声音《こわね》だが、眼光に威圧するような鋭さがある。

「きさまも、あやつらの仲間なのか！」

咎《とが》めるように訊《き》きただした。

「ふふふ、あんな野良犬といっしょにしてもらいたくないな」

侍は冷笑したまま階段に腰をかけ、動こうとはしない。

そのとき、ひときわ高く、切迫した女の呻き声が林の奥から伝わってきた。

階段に腰をおろしている夏羽織の侍に目を走らせたが、侍は微動だにするようすはなかった。

妙に気になる侍だが、どうやら傍観をきめこむつもりらしい。

無視することにして、平蔵は足音を忍ばせて観音堂の森に近づいていった。

観音堂の裏側は昼でも薄暗い葉桜の林になっている。

三

広い境内の南側は小笠原信濃守下屋敷と水戸家中屋敷の広大な敷地に面している。

長い白壁の土塀が林立する木立の暗がりの奥に見える。

木立には藪蚊《やぶか》や、蛾《が》がうるさく飛びまわって顔のあたりにまつわりつく。

権現の社殿や森に棲息する蝙蝠《こうもり》が、蛾や野鼠《のねずみ》などの餌《えさ》をもとめて不気味な鳴き声をあげて飛びかう。

宵闇を待って目を醒ました梟《ふくろう》の声が頭上から聞こえてきた。

神域の森も夜になると魑魅魍魎《ちみもうりよう》が跋扈しはじめる薄気味のわるい世界に一変する。

もう、女の声は聞こえなくなっていた。

――間にあわなかったか……。

平蔵が焦《あせ》りはじめたとき、木立の奥の闇のなかにうごめく人影が見えた。

白壁に沿って生い茂る雑草のなかに背を屈めて、俯《うつぶ》せになっている浪人者の上半身がおぼろげに見えた。

その膝下《しつか》に組み伏せられた女の白い足がむなしくもがいていた。

女は腰巻を腰までまくりあげられ、目にしみるような白い腿があらわになっている。

浪人者は女の腰にどっかと臀《しり》をおろし、袴の裾をたくしあげていた。

将棋の駒のような角顔の男だった。

女は手ぬぐいでしっかりと口に猿轡《さるぐつわ》をかけられ、両手首を刀の下《さ》げ緒《お》で縛られていた。

女は懸命に腰をよじって逃れようとしているが、もがけばもがくほど裾が乱れる。

「これよ、おとなしゅうせんか……なにも命までとろうとはいわんぞ」

おさえこんでいる角顔の浪人者は背中を丸めて顔を乳房におしつけ、乳首を舌でチロチロとねぶっている。

刀は腰からはずしているが、手を伸ばせば届くところにある。

下手《へた》をすれば女を人質にして、盾《たて》にされかねない。

しかも、厄介なことに仲間らしい頬髭《ほおひげ》の濃い浪人者が、太い欅《けやき》の老樹にもたれ、腕組みしながら眺めている。

どうやら朋輩《ほうばい》の浪人者が女を料理するのを楽しみながら眺めているらしい。

そればかりか、ときおり油断なくあたりのようすに目を走らせている。

その目の配りようは修羅場《しゅらば》を踏んできた男のものだった。

手込めにすることに気をとられている浪人者よりも、こいつのほうが厄介だった。

ふいに女が狂ったように顔を左右に振って懸命にもがいた。

女をおさえこんでいる浪人者が腰を起こして、褌《ふんどし》からつかみだした一物を女の股座《またぐら》に強引にねじこみにかかったのだ。

平蔵は頬髭の浪人者がもたれている欅の老樹を盾にしながら廻りこむと、浪人の真横に廻りこんだ。

「うっ！」

ふいをつかれた頬髭の浪人が刀の柄《つか》に手をかけようとした瞬間、平蔵の抜き打ちが頬髭の男の小手を一撃した。

骨を断ち斬《き》った手応えがあった。

刀の柄をつかんでいた両手首を一撃ですぱっと切断した。

刀の柄をつかんだままの両手首が血しぶきをあげてポロリと落下した。

「ぎゃっ！」

悲鳴をあげて前のめりによろめいた。ところすかさず、右の肩口から容赦なく袈裟《けさ》懸《が》けに斬りおろした。

ソボロ助広の切れ味は凄《すさ》まじく、そやつの肩から斜《はす》に深ぶかと断ち割った。

血しぶきが宵闇に黒々と噴きあがった。

頬髭はそのまま声もあげずに、女をおさえつけていた狼藉者《ろうぜきもの》の背中に血しぶきとともにどさっと俯せのまま斃《たお》れこんだ。

「うわっ！」

斃れこんできた相棒の屍体を突きとばした狼藉者はかたわらの草むらに投げ出してあった刀を鷲《わし》づかみにするや、うしろざまに跳びのいた。

跳びのきざま、素早く刀を抜くと鋒《きっさき》を女の白い下腹に突きつけた。

血しぶきを浴びた女は逃れようともがきかけたが、鋒を突きつけられ、石のように固まってしまった。

猿轡をかけられて口はきけないが、双眸は恐怖に怯《おび》えきっている。

「野郎っ！　ちょっとでも動いてみろ。この女の命はないぞ！」

狼藉者が餓狼《がろう》のように歯をむき出し、吠えたてた。

予想していたより俊敏な反応だった。

しかも、屁《へ》っぴり腰ながら女の腹に鋒を突きつけているだけに厄介だった。

しかし、平蔵は動揺することなく、刀を青眼《せいがん》に構えた。

「よかろう。やれるものならやってみろ。ただし、その瞬間にきさまの首が胴から離れることになる」

「な、なにぃ……」

「ただし、おとなしく、刀をひいて立ち去るなら見逃してやってもよいぞ」

平蔵は微塵《みじん》の容赦もない威嚇《いかく》を浴びせ、ぐいと一歩踏み込んだ。

よく吠える犬ほど弱いものである。

狼藉者は見た目は凶暴だが、肝は据わっていないらしく、平蔵に気圧《けお》されたようにじりっ、じりっと一、二歩後退した。

「ま、待てっ……そ、その女、き、きさまが先に味見してもいいぞ。ど、どうだ」

この期《ご》におよんで、まだ未練たらしく駆け引きしようとしている。

平蔵は無言のまま爪先でじりっと間合いをつめた。

刃《やいば》と刃の下で、女は恐怖におののきながら身じろぎもしなくなっていた。

「お、おい！　下手な真似しやがると、この女の土手っ腹をぶすりとやっちまうぞ」

狼藉者は血走った目を女に向けてしゃくりあげ、血しぶきを浴びた女の腹にふたたび鋒《はたち》を突きつけて威嚇した。

まだ二十歳前らしい娘の目は恐怖に引きつっていた。

唐桟縞《とうざんじま》の裾は腰までめくりあげられて、白い腹も太腿もむき出しになっている。

赤い腰巻がわずかに腰に絡みついていた。

足首は縛られていないため、娘は膝を折り曲げて懸命に股間を隠そうとしている。

その仕草が、なんともいじらしく、哀れだった。

——こやつらは生かしてはおかぬ。

平蔵の胸に怒気が走った。

「お、おい、せっかくの毛饅頭《けまんじゆう》を串刺しにしてもいいのか!」

狼藉者は追いつめられた野良犬のように歯をむき出して吠えたてた。

「やれるものならやってみろ。きさまの鋒が動いた瞬間、きさまの首が飛ぶ」

平蔵は冷ややかに応じた。

「お、おのれ……」

狼藉者は顔に脂汗《あぶらあせ》をにじませ、あきらかに動揺の色を見せた。

さっき、仲間を一刀で斃した平蔵の腕前を見ているだけに内心では怯えきっているのがわかる。

いまはどうすれば窮地を脱することができるか、迷いに迷っているはずだ。

とはいえ平蔵も踏み込めば仕留められる距離だが、娘の身が危うくなる。

なんとしても娘を傷つけることだけは避けたかった。

そのためにも、あと一歩の踏み込みが必要だった。

「どうする。その娘を道連れに三途《さんず》の川を渡るか、それともおとなしく退散するか、道はふたつにひとつだ」

「う、ううっ……」

狼藉者が歯嚙みしていたところに、ゆっくりと草むらを踏んで、さっきまで観音堂の階段に腰をおろしていた夏羽織の侍が歩み寄ってきた。

「ふふ、この勝負、もはや勝ちは見えたな」

人を食ったような顔で冷笑した。

「おお、いぐちどの！　よいところに来てくれた……」

狼藉者がホッと安堵《あんど》したような声で呼びかけた瞬間、夏羽織の侍は抜き打ちざまに狼藉者の胴を横薙《よこな》ぎに斬りはらった。

凄まじい手練《しゅれん》の抜き打ちであった。

「ぎゃっ！」

狼藉者は驚愕《きょうがく》の目をひんむき、黒い血しぶきを噴き上げると、娘の躰のうえに覆《おお》いかぶさったまま断末魔《だんまつま》の声をあげた。

猿轡をかけられた娘は両手首を縛られたまま角顔の屍体の下から逃れだしたものの、放心したように肩で息をついている。

髪はぐしゃぐしゃに崩れ、顔も、唐桟縞の着物も二人の浪人の血しぶきを浴びて、見るも無惨な姿だった。

平蔵が鋒で娘の手首の下げ緒を切りはなってやった。

その瞬間、刃唸《はうな》りのするような剛剣が襲いかかってきた。

「う！」

間一髪、咄嗟《とっさ》に跳びすさり、鋒を辛《かろ》うじて跳ね返した。

斬りつけてきたのは夏羽織の侍だった。

「きさま！」

「ほう。きさま、このあたりの地侍かと思っていたが、どうやら違うようだな」

夏羽織の侍は跳ね返された刀を青眼に構えなおした。

さっきまでの惚《とぼ》けた馬面とは一変した剣鬼の表情だった。

茫洋としていた双眸が糸のように細く切れて凄まじい殺気が漲《みなぎ》っている。

侍は鋒を青眼に構えたまま、素早く雪駄を脱ぎ捨て、足袋跣《はだし》になった。

平蔵は青眼の構えから鋒をじわりと右上段に移した。

「きさまも仲間だったのかっ！」

「うるさいっ！　そんな虫けらはどうでもかまわん。おれの名前を口にしたから斬り捨てたまでよ」

「ほう。名前を知られて困るというと相当の悪党らしいな」

「黙れ！」

「いぐち」と呼ばれた侍は歯茎をむき出しざま、つつぅーっと摺《す》り足で滑るように右に走った。

平蔵は身じろぎもしないでいる娘を目の端に捉えつつ、摺り足で侍の動きに合わせて右へ、右へと廻りこんでいった。

娘を斬り合いに巻き込むことだけは避けたかったからだ。

侍は鋭い目つきになって、鋒をじりっじりっと擂《す》りあげ、右上段に構えると、摺り足で左へ、左へと廻りこんできた。

「う……ううっ」

娘が猿轡の下から恐怖の悲鳴を迸《ほとばし》らせた。

「そこを動くな！」

平蔵が叱咤《しった》すると、娘はびくっとして身じろぎもしなくなった。

すでに森も、境内もとっぷりと墨を溶き流したような闇に閉ざされかけている。

平蔵は鋒で誘いつつ、斬撃の場を広い境内に移していった。

境内には灯明《とうみょう》のはいった石灯籠《いしどうろう》が並んでいて、夜空には三日月の淡い光もある。

ここなら存分に刀をふるうことができる。

侍は境内の石灯籠を背にして平蔵と対峙《たいじ》する位置に入ってきた。

灯明の灯りに誘われた蛾の群れが対峙している二人のあいだを飛びまわる。

上段に構えている侍の鋒が、セキレイの尾のようにピクピクと小刻みに震えてきた。

——来るな！

上段から懸河《けんが》のような剛剣が襲いかかってきた、その瞬間、平蔵は身を沈めて鋒を下段からすくあげた。

刃と刃が激突し、からみあうように巻きあげると、そのまま侍の肩口を薙ぎはらった。

ふたりの躰が入れ替わった途端、平蔵の左足の草鞋の紐がプッンと切れた。

咄嗟に飛びすさって、青眼に構えた。

二間あまりを飛びすさった侍の夏羽織の袂《たもと》が斜めに肩口まで切り裂かれていた。

そのとき、根津権現の社殿の脇門に提灯《ちょうちん》の灯りが入り乱れ、声高に叫びながら十数人の人影が提灯や棒を手に駆け込んできた。

「ちっ！」

侍はするすると後退すると唇の端をゆがめて吐き捨てた。

「いずれ、このカタはつけるぞ」

そういうなりパッと駆けだした。

「待てっ……」

追いかけようとしたが、鼻緒の切れた草鞋が邪魔になった。

そのとき、懸命に駆け寄ってきた女が平蔵にしがみついた。

血しぶきで真っ赤な蘇芳《すおう》を浴びたような凄惨な女の姿に胸をつかれた。

どうやら口の猿轡は自分ではずしたらしいが、まだ双眸《りょうめ》が恐怖にひきつっている。

「よしよし、もう心配はいらんぞ」

抱きよせ、背中をたたいてなだめた。

一気に安堵がこみあげてきたのだろう。

娘はしゃがみこむと、平蔵の腰にしがみついたまま声を絞って嗚咽《おえつ》した。

気がつくと平蔵の紺足袋が斬り裂かれて血がにじんでいた。

鋒が足の甲を掠《かす》めたらしい。

鞘《さや》に納めようとしたソボロ助広の鋒に血糊《ちのり》がついていた。

——あと一歩。いや、半歩の踏み込みが足りなかった。

平蔵は懐紙《かいし》で鋒の血糊をぬぐいながら、唇を嚙みしめた。

四

女はお糸《いと》といって相模《さがみ》の商家の娘だった。根津権現の門前町で［桔梗《ききょう》や］という小料理屋をしているお絹《きぬ》という女の姪《めい》で、今年十八になるという。

［桔梗や］は間口二間余りの店だったが、踏み石を踏んで幾つもの小座敷がある品のいい上客向きの店だった。

口数はすくないが、四十がらみのしっかりした板前もいるし、五人あまりの客あしらいのよさそうな座敷女中もいる。

門前町では羽振りのいい店のようだった。

お糸はいずれは叔母の店を継ぐことになっているらしく、今は商売を見習うため店を手伝っているらしい。

田舎の両親の無病息災を祈って権現社に参拝にきたところを二人の浪人者に目をつけられ、いきなり当て身を食らって気絶し、気がついたときは猿轡をかけられていたということだった。

やがて駆けつけてきた寺社奉行配下の同心に屍体の処置をまかせた。

同心は二人の浪人を平蔵が一人で斬り斃したときめこんで深くは追及しなかった。

お糸には後で禍《わざわ》いのもとになりかねないから、よけいなことはいわないほうがいいといいふくめておいた。

寺社奉行というのは格式は高いが町方の犯罪や探索は南北町奉行所にまかせて、かかわりを避けたがるものだからである。

ことに浪人者が町娘を強姦しようとしたなどという事件は早く片をつけたがる。

仲間らしい狼藉者を斬り捨て、平蔵をも斬ろうした侍のことも告げると、お糸に災難がふりかかるかも知れないと判断したのである。

お糸もそのあたりのことはわきまえているとみえ、平蔵にすべてをまかせた。

案の定、寺社奉行方の同心は浪人者の屍体は町奉行所にまかせることになるだろうといって、あっさり引き上げていった。

お糸の叔母のお絹は三十二、三の年増《としま》だが、お糸によく似た瓜実顔《うりざねがお》の美人だった。

お糸が危うく手込めにされるところを平蔵に助けられたと聞いて、このご恩は一生忘れませんと三拝九拝されて閉口した。

どうやら、お糸を娘のように可愛がっているらしい。

いずれは婿《むこ》をとって「桔梗や」の跡を継がせるつもりだということだった。

「団子坂のせんせいなら、このあたりで知らないものはおりません。お医者さまで剣術の名人だとお聞きしました」

座敷にあがってくれというのを断って、消毒用の焼酎《しょうちゅう》と、替えの草鞋を頼んだ。

お糸がすぐに濯《すす》ぎの水と焼酎を運んでくると、しゃがみこんで甲斐甲斐《かいがい》しく平蔵の足を洗い、傷口を焼酎で消毒してくれた。

傷はほんの掠り傷だったが、あと一寸、深くはいっていたらと思うと肝が冷えた。

「ほんとに、よい御方に助けていただいて、お糸も運のいい子ですわ」

どうやら平蔵は医者の腕のほうより、剣術のほうで名が売れているらしい。

そこが、いささか本意ではないが、ま、そこは筍《たけのこ》医者の部類にはいる平蔵としてはやむをえないところだろう。

とにかく両親の息災のためにお参りするのはいいが、人気のない朝夕は避けたほうがいいぞと忠告した。

「なにせ当節は食いっぱぐれの浪人者がふえて物騒になるいっぽうだ。用心せんと、おなごの大事なものを汚《けが》されるばかりか、命までなくしかねんぞ」

事実、平蔵が気づかなかったら、やつらはお糸を犯したあと無事に帰したとはとても思えなかった。

慰みものにしたあげく、攫《さら》っていって女衒《ぜげん》に売り飛ばすか、もしくは口封じに殺害したかも知れない。

是非、一献《いっこん》さしあげたいというのを振り切って提灯を借りると、用意してくれた雪駄に履きかえて［桔梗や］をあとにした。

すでに門前町は軒下に吊り行灯《あんどん》の灯がはいり、遊客で賑《にぎ》わいはじめていた。

神社の門前町は寺社奉行所の管轄で、取り締まりも厳しくないため、この町で働く女たちはおしなべて客の枕の塵《ちり》を払う遊女がほとんどである。

お糸の叔母のお絹もそういう水をくぐってきた女の一人だったにちがいない。

いまは、まっさらな無垢《むく》のお糸も、水商売の垢《あか》をなめていくうちに、女が客商売で生きていくにはなにが大事か算盤《そろばん》をはじくようになるだろう。

武家の世界で家柄と人脈がものをいうように、客商売でものをいうのは、客あしらいのよしあしと算用である。

お絹は自分の老後のためにも、いずれ、お糸に金持ちの商人《あきんど》でも旦那《だんな》にあてがい［桔梗や］の女将《おかみ》にして店の間口をひろげて繁盛させようとするだろう。

いわば、お糸は叔母の操《あやつ》り人形のようなものだ。

どうやら、いまの世の中はおしなべて銭で万事が動くようになりつつある。

武家の世も、商人がはびこる世も、平蔵は気にくわない。

大工の吾助や、版木彫りの源太のような職人が大事にされる世の中になってほしいものだが、まず無理だろう。

そう思うと、なにやら味気ない気分になってきた。

第二章 人は獣

一

「まぁ、なんという物騒な……」

篠は夕餉《ゆうげ》の味噌汁を椀によそいながら、根津権現境内《けいだい》の森での出来事を平蔵から逐一《ちくいち》聞かされ、眉根を寄せた。

「でも、その娘さんが無事でなによりでしたわね」

「ああ、おれが行き合わせなんだら、いまごろはあやつらに思うさま嬲《なぶ》られたあげく、女衒《ぜげん》の手にかかって、どこぞの売春宿にでも売り飛ばされていただろうな」

「お江戸の人気《じんき》も悪くなったものですね」

「うむ。このところ江戸市中にあちこちから食いつめた浪人がはいりこんできて悪事を働いておるらしいな」

平蔵は豆腐と葱《ねぎ》の味噌汁をうまそうにすすりながら飯のおかわりをした。

「おまえも人通りのすくないところは避けたほうがいいな」

菜の田螺《たにし》の煮付けに箸《はし》をのばして、篠に顎《あご》をしゃくってみせた。

「相手が下谷《したや》あたりのごろつきならともかく、食いつめた浪人者となると飢えた狼《おおかみ》みたいなものだ。なにをされるかわからん」

「だいじょうぶですよ。このあたりは顔見知りのひとばかりですし、日頃の買い物はおおかた顔見知りの棒手《ぼて》振りの品で用が足りますもの」

棒手振りは天秤棒《てんびんぼう》に売り物をかついで、朝仕入れた豆腐や納豆、旬《しゅん》の青物から魚にいたるまで売り声を張りあげながら振れ売り歩く小商人《こあきんど》である。

団子坂にも毎日、棒手振りの商人がやってくるから、たいがいの日用品は間にあう。

はやばやと売り切れると、もう一度、仕込んできて二度、三度と売り歩く者もいる。

なかには顔なじみになると、頼まれ物の買い物までしてきてくれる者もいた。

「なにせ、おまえは気楽トンボだからの。だれとでも気さくに口をきくが、見知らぬやつには気をつけろ」

「はいはい」

「こいつ、ハイハイとはなんだ。世の中、一寸先は闇だぞ」

じろりと睨《にら》みつけると篠は首をすくめたが、目は笑っている。

田螺の煮付けを嚙みしめ、平蔵は怖い目になった。

「いいか、絹物を身につけようが、綿服を身につけようが、男という生き物は一皮むけば野山の獣となんら変わるところはない一匹の雄だ。盛りのついた雄は見境なしに雌をおさえつけて番《つが》おうとするからな」

「もう！　なんということを……」

「おい。人も獣となんら変わるところはない生き物だぞ」

「それは、そうですけれど……」

「おれが人の雄なら、おまえは人の雌だ。夫婦になるということは雄と雌が番うということだろうが」

「おまえさま……」

「なに、早くいえば千代田《ちよだ》の大奥などという代物は上様の種つけ場みたいなものよ。見目よいおなごを色とりどりそろえて、上様がせっせと種付けに励むように仕向けてあるようなものだな」

「いくらなんでも、そのようなことをおっしゃって……もし、お役人の耳にでもはいったら大事《おおごと》ですよ」

篠は耳朶《みみたぶ》まで赧《あか》らめてなじった。

「なんの、かまわぬさ。おれは公儀から一粒の米ももらっておるわけではないから遠慮は無用だ」

平蔵は飯に味噌汁をぶっかけて、無造作に汁かけ飯をかきこんだ。

「上様ばかりではないぞ。およそ殿様などという手合いは種馬みたいなものよ。家来がせっせとかきあつめてきた娘に片っ端から子種をうえつけるのが仕事みたいなものだ」

「でも、浮気ならともかく、お糸さんのように嫌がる娘を無理矢理、力ずくで手込めにしても楽しくはないでしょうに」

「なぁに、世の中には力ずくでおなごを手込めにするのがおもしろいという輩《やから》がいくらでもいる」

「ま……」

平蔵は膳のうえの茗荷《みょうが》の梅酢漬けを指でつまんで口にほうりこんだ。

「おまえはな。この千駄木界隈《かいわい》で顔見知りの人に囲まれて生きてきたゆえ、世の中の怖さを知らん」

平蔵は怖い目になった。

「いいか。この世には人の皮をかぶった魑魅魍魎《ちみもうりょう》がいたるところにうごめいておると思え」

「ちみもうりょう？」

「いうなれば鬼畜《きちく》、人でなしだ」

茗荷を噛みしめながら、吐き捨てるようにいった。

「えらそうに漆塗《うるしぬ》りの駕籠《かご》に乗って供の者をしたがえてそっくりかえっている輩も、裏では何をしておるかわかりはせん」

「…………」

「嫌がるものを屈服させることを楽しむ輩。権力、財力を使って人を意のままにしたがる唾棄《だき》すべき輩もいる。根津権現のような狼藉者《ろうぜきもの》など掃《は》いて捨てるほどいる。人を見れば泥棒と思えという諺《ことわざ》もあるからな。世の中、甘く見てはいかん」

「でも、わたくしには平蔵さまがいてくださいますもの」

そういうと、篠は平蔵の胸に頬をうずめてきた。

平蔵は箸を置いて、篠の腰をすくいあげると、そのまま寝間に向かった。

二

六畳の寝間にはすでに青い蚊帳《かや》が吊るされ、夜具も敷かれていて、奥の間の行《あん》灯《どん》の淡い灯りがほのかに蚊帳のなかにさしこんでいた。

平蔵は篠を横抱きにしたまま、身を屈めて蚊帳のなかにはいった。

夏夜具の上に浴衣《ゆかた》姿の篠を横たえた。

平蔵は片肘《かたひじ》をついて、そのかたわらに寄り添うと、篠の双眸を見つめ、襟《えり》ぐりに腕をさしいれ、乳房をつかみとった。

篠は瞼《まぶた》を閉じ、かすかに喘《あえ》いだ。

人を斬《き》ったあとは獲物を仕留めた獣の雄のように野生の血が滾《たぎ》る。

修羅《しゅら》場《ば》のあとの荒ぶる血を鎮めるには女の柔肌に没入するしかない。

篠は腕を平蔵のうなじに巻きつけながら平蔵を迎えいれた。

かなぐり捨てた着衣は襤褸《らんる》のように畳のあちこちにとぐろを巻いている。

篠は白い頤《おとがい》をそらせ、四肢を平蔵に巻きしめつつ、いつになく猛《たけ》だけしい平蔵の律動に怯《ひる》むことなく応えつづけた。

——深更。

平蔵は熟睡している篠の眠りをさまさぬように起きだすと、蠅帳《はいちょう》から茗荷の梅酢漬けの鉢《はち》を取り出し、囲炉裏端《いろりばた》で徳利の冷や酒を飲みはじめた。

ひさしぶりに剣を遣《つか》った気のたかぶりもあったが、相手を仕留められずにおわった悔いもあった。

なによりも、あの夏羽織の侍がふるった凄《すさ》まじい剛剣の残像は、いまだに瞼の裏に灼《や》きついている。

あの侍と互角に立ち合うことができるのは平蔵の仲間のなかでも矢部伝八郎《やべでんぱちろう》か、さもなくば柘植杏平《つげきょうへい》ぐらいのものだろう。

——あやつは……、

おそらく数えきれないほどの修羅場をかいくぐってきたにちがいない。

酒は口にホロ苦く、いくら飲んでも酔えなかった。

根津権現の森に棲《こ》む梟《ふくろう》の鳴き声を聞きながら、平蔵は頬杖《ほおづえ》をついたまま、じっと闇のなかに目を凝らしていた。

三

神谷平蔵は駿河台に屋敷をかまえる禄高千八百石の大身《たいしん》旗本の次男として生まれた。

十歳も年上の兄・忠利は公儀御目付《おめつけ》という要職にある。

兄は謹厳実直な役人向きの性格だったが、次男坊の平蔵は堅苦しい武家のしきたりに縛られるのが嫌いな性分だった。

大身旗本の家に生まれたとはいえ、次男などというのは部屋住みといって、長男とはあつかいが格段に違う。

家臣とおなじようなものだった。

兄は殿様で、屋敷の絶対権力者である。

生来、反骨の気質が旺盛な平蔵はなにかにつけて兄に逆らった。

仕置きの竹刀《しない》や、飯ぬきぐらいではへこたれなかった。

おまけに子供のころから家の者がちょっと目を離すと糸の切れた凧《たこ》のようにあちこちふらつきまわる癖があった。

そのためか、だれいうとなく、ぶらり平蔵などという、武士の子としては芳《かんば》しくない仇名《あだな》がついてしまった。

平蔵は十五のときに竹馬《ちくば》の友の矢部伝八郎を誘って花街に足を運んでは、さまざまな女体を知った。

平蔵がはじめて娼婦ではない女を知ったのは十六のときだった。

夜遊びの度が過ぎると兄の忠利から厳しく咎《とが》められ、三日も屋敷の土蔵に閉じこめられていたとき、飯を運んできた台所女中のお久《ひさ》という三十二の女が相手だった。

「おかわいそうな、ぼっちゃま」

慰めてくれたお久をしゃにむに抱きすくめ、襟ぐりから手をさしいれて乳房をつかむと、お久はさして抗《あらが》うこともなく平蔵を受け入れた。

お久は亭主と死別して屋敷奉公にあがった女だけに空閨《くうけい》をかこっていたのだろう。それからは飯を運んでくるたびに冷たい土蔵の板の間で平蔵に抱かれるようになった。

監禁がとかれてからも、お久は夜半に平蔵の寝間に忍んできて、熟れきった女の肌身を惜しげもなくひらいて平蔵に女体の蠱惑《こわく》を存分に堪能させてくれた。

間もなくお久は再婚先ができて屋敷を去っていったが、それからは銭金で肌身をひさぐ娼婦を相手にするのが空しくなった。

平蔵の剣技が一皮むけたと師の佐治一竿斎から認められるようになったのも、そのころだったような気がする。

平蔵は、生来、剣に天賦《てんぷ》の質があった。江戸五剣士に数えられた鐘捲流《かねまきりゅう》の達人佐治一竿斎の道場に子供のころから通い、十八歳という若年で免許皆伝を許されたものの、天下泰平の世では剣だけで身を立てるのはむつかしい。

だからといって、どこかの旗本家に婿《むこ》養子にはいり、顔も気だてもわからない箱入り娘を嫁に娶《めと》り、舅《しゅうと》や姑《しゅうとめ》のいいなりになって、朝はきちんと麻裃《あさがみしも》を着て出仕し、上役と下役の狭間《はざま》で気を使い、さようしからばで肩肘張った窮屈な日々を過ごすのは勘弁してもらいたかった。

亡父が、医者をしていた叔父の夕斎《せきさい》の養子にしようとしたのは、そんな平蔵の気性を見抜いていたからだろう。

夕斎が東国磐根《いわね》藩《はん》の御典医《ごてんい》に招かれ、平蔵も義父について磐根におもむいた。

義父について磐根におもむいた平蔵は磐根藩の次席家老の娘の希和《きわ》に恋をした。

恋をすると男は臆病になる。

そのころ、平蔵は磐根藩から長崎留学を命じられた。

義父と、希和の父の配慮のようだった。

やむをえず、希和に想いを打ち明けることもなく長崎に留学した平蔵は、希和の面影をもとめて丸山《まるやま》遊郭の娼妓《しょうぎ》を相手に憂《う》さを晴らしていた。

そんなとき藩内の内紛に巻き込まれ、義父の夕斎と希和の父が凶刃に斃《たお》れたという知らせが届いた。

急遽《きゅうきょ》、磐根にもどった平蔵は藩の火種になっていた一味を斃し、義父夕斎と希和の父の仇《かたき》を討ち果たしたが、希和は父の衣鉢《いはつ》を継いで、藩の陰守役《かげもりやく》の頭領として山奥の草の里に去っていった。

江戸にもどって町医者となった平蔵は失意のうちに女人遍歴を繰り返していた。

縫《ぬい》や文乃《あやの》のように妻に娶るつもりだった女もいたし、昨年、離別した波津《はつ》もその一人だったが、いずれも武家のしがらみに縛られて平蔵のもとを去っていった。

なかには小間物問屋井筒屋《いづつや》の後家だったお品《しな》のように空閨の寂しさを満たしあうだけの情事もあった。

また数えきれぬほど死地をともにした黒鍬組《くろくわぐみ》の女忍《にょにん》でもある、おもんとは幾度となく、たがいの肉をむさぼりあう切ない交わりをもった。

おもんは女の官能が秘めている甘美を惜しげもなくさらしてくれた。

ふたりとも結ばれることのない縁と知っているだけに、その交わりは余人には計り知れない絆《きずな》で今もつながれている。

また、初恋の女でもあった希和とは、数年前、たがいに一夜かぎりの夢と知りつつ、儚《はかな》い契《ちぎ》りをかわしたこともある。

おもんはともかくとして、そのほかの女たちは今や、それぞれにおのれの生きるべき所を得てたくましく生きている。

女には今日と明日があって、昨日というものは忘れるようにできているものらしい。

しかし、平蔵は昨日はもとより、明日という日もなく、ただ、今を生きていくしかない身である。

おのれの本性は骨の髄《ずい》まで剣士であることは平蔵がだれよりもわかっている。

剣士は常住座臥《じょうじゅうざが》、いつ死と直面するかわからぬ宿命に生きている。

本来は妻子をもつべきではない身だが、平蔵は生来、煩悩《ぼんのう》も常人より数倍も強いような気がする。

恩師の佐治一竿斎には「煩悩に溺《おぼ》れてはならぬが、煩悩は獣の本能でもある。

逆らわず飼い慣らすことだ」といわれたが、いまだに飼い慣らせてはいない未熟者である。

四

一昨年の大火で長屋を焼け出された平蔵は、黒鍬組の組頭《くみがしら》・宮内庄兵衛《みやうちしょうべえ》の肝煎《きもい》りで組の会所になっている千駄木の団子坂上の一軒家を借りることになった。

医者の看板をあげたものの、妻の波津を離別することになった。

ひとり暮らしの身になった平蔵は、団子坂下の長屋で一人暮らしをしていた寡婦《かふ》の篠に通い女中として家事一切の面倒をみてもらうことになった。

篠は二十三で出商いの小商人に嫁《とつ》いだものの二年目に夫と死別し、団子坂下の長屋に一人住まいしながら縫い物の賃仕事で暮らしていた女だった。

一昨年の夏、体調を崩して平蔵の診察を受けにきたのがきっかけで親しくなった。

父は吉村嘉平治《よしむらかへいじ》という食録十二俵一人扶持《ぶち》で、黒鍬之者から御小人目付《おこびとめつけ》に昇進し、いまは役高百俵をもらっている。

早くに妻を亡くしてからは、長女の篠が四人の弟妹たちの面倒を見てきたというだけあって、平蔵の身の回りの世話から家事万端を甲斐甲斐《かいがい》しくこなし、かたわら雑草だらけだった裏庭に畑を耕《たがや》して野菜まで作るほどまめまめしい女だった。

本来が武家の出だけに、血だらけの怪我人が転がりこんできても動じることなく治療の介添《かいぞ》えまでする。

篠は見た目は華奢《きゃしゃ》だが、性根の据わった女でもあり、煩《わずら》わしい係累《けいるい》もない。

化粧もしないすっぴんのままだが、肌はぬけるように白く、こづくりな顔立ちだが目鼻立ちもととのっている。

平蔵の竹馬の友である矢部伝八郎は来るたびに「あんな、いい女はめったにおらんぞ。さっさとモノにしてしまえ」などと乱暴なことをいってけしかけた。

ただ、そのころ、篠には歴《れっき》とした旗本との縁談がもちこまれていた。

篠の幸せを思えば、その縁談を祝福すべきところだ。

ところが去年の夏、難産の妊婦から往診を頼まれ、篠をともなって出向いた平蔵は、篠の手を借りて、無事、男子を出産させた。

その帰途、激しい豪雨に見舞われ、篠を背中におぶって帰宅した。

その夜、平蔵は雷鳴に誘われるかのように篠と結ばれてしまった。

篠はこのままでもいいといったが、通い妻にしておくのも男として釈然としない。

けじめをつけるため、昨年の晩秋、親しい友だけを招いて、近くに住んでいる宮内庄兵衛の媒酌《ばいしゃく》でひっそりと盃事《さかずきごと》をすませた。

宮内庄兵衛は篠の身元引受人だったから喜んで媒酌を引き受けてくれた。

平蔵の兄の忠利は祝儀は寄越したものの、列席はしなかったが、嫂《あによめ》の幾乃《いくの》が親がわりで祝言《しゅうげん》の席に来てくれたばかりか、

——あれは、よい嫁女《よめじょ》になりますよ。おまえはおなごを見る目だけはあるようですね。

そういって祝福してくれた。

だけはという一言は気にいらなかったが、子供のころから平蔵を母親がわりになって面倒をみてくれた嫂が褒《ほ》めてくれただけで平蔵は満足だった。

篠の父は色白の娘とは大違いの、真っ黒に日焼けした無愛想な五十男だったが、盃事をすませたあと、平蔵に、なにとぞ篠をよしなにお願いもうすと双眸をうるませた。

嫂が褒めてくれるまでもなく、篠は小禄とはいえ武家の生まれだけに女として

の躾もきちんとできている。

婚するまえは針仕事で暮らしをたてていたほどだから、今でも家事の合間を縫って着物の仕立ての賃仕事をして、二人の食い扶持ぐらいは針仕事でなんとでもなります、などといって涼しい顔をしている。

恩師の佐治一竿斎や、幼馴染《おさななじ》みの矢部伝八郎や剣友の笹倉新八《ささくらしんぱち》、井手甚内《いでじんない》、柘植杏平たちも、いい女房を引き当てたと、あたかも湯島天神《ゆしまてんじん》の千両富の一番籤《くじ》にでもあたったようなことをいって祝福してくれている。

ひとり暮らしが気楽でいいとほざいていた平蔵も、三十路《みそじ》を過ぎるとそぞろ独り身のわびしさが身にしみる。

篠を妻にして十月《とつき》余りになるが、風来坊がようやく人並みの暮らしというものを手にすることができたような気がする。

それは千石や二千石の俸禄にはかえられないものだった。

ただ、暮らしということになると、はなはだ頼りないものがある。

篠は五年や六年は暮らしの心配はいらない貯えがあるといっているが、その臍繰《へそく》りは平蔵が医者として稼ぎだしたものではなく、剣をふるって得たものだ。

だからといって剣を売り物にして生きる気はさらさらなかった。

たとえ悪党でも人を斬ったあとは後味の悪いものだ。

藪《やぶ》医者でも病人や怪我人の治療をして礼をいわれたときの満足感はほかに代え難いものがある。

この天下泰平の世では武家などというのは百姓から年貢をしぼりとる寄生虫のようなものである。

旗本八万騎などといっても、中身は裃を着た木偶《でく》の坊《ぼう》がほとんどだということは見え透いている。

商人は人が作ったものを売って利鞘《りざや》を稼ぐ人間だから銭の亡者になる。

平蔵は武家の卑《いや》しさも見てきたが、算盤《そろばん》が命の商人も好きにはなれなかった。

とどのつまり、筍《たけのこ》だろうと藪だろうと医者という稼業は平蔵に向いているような気がする。

亡父がそのあたりを見きわめて、叔父の養子に出したとすれば、たいした親父どのだと思わざるをえない。

気がつくと、いつの間にやら一升の酒を飲みあげてしまっていた。

第三章　待ち伏せ

一

——翌日。

朝から三人の患者が訪れたが、それきりパタリと暇になった。

篠が蛸《たこ》が安かったので桜煮を多めに作ったから実家の父にも届けてやりたいというので、平蔵もひさしぶりに小網町《こあみちょう》の道場に顔を出してみようと思い立った。

篠が伝八郎と育代《いくよ》へのお裾《すそ》分《わ》けにともたせて寄越した蛸の桜煮と里芋《さといも》の煮付けを詰めた重箱を風呂敷に包んで、家を出た。

平蔵の心中には、あの正体不明の侍と斬《き》り合ったとき、あと一歩の踏み込みが足りなかったという悔いもある。

このところ医者稼業が忙しく、剣の素振りもほとんどしていない。

――それが肝心のところで出た。

稼業は医者だが、刀を腰に帯びているからには、いつ修羅場《しゅらば》に直面しないともかぎらない。

――剣は日々の精進《しょうじん》につきる。

恩師・佐治一竿斎の言葉を思い出した。

これまでなんとか無事でこれたのは運に恵まれただけのことだと痛感した。

いまのおれは伝八郎と立ち合っても三本に一本とれるかどうか怪しいものだ。

恩師は五十四まで道場に立ちつづけ、女には目もくれなかった。

――それにひきかえ、おれは師の足元にも及ばない甘ちゃんだ。

剣も半端なら、医者としても半端……、精進が足りんなと自嘲自戒《じちょうじかい》せずにはいられなかった。

陽ざしはいくらか秋めいてきてはいるが乾ききった道は照り返しが強く、歩いているうちに汗が噴き出してきた。

上野寛永寺《うえのかんえいじ》前の参道にあたる下谷広小路沿いの茶店でこの店の名物の心太《ところてん》を頼んでから、ひと息いれていると、紅鹿《べにか》の子《こ》の紐《ひも》をつけた編み笠を目深にかぶり、三味線《しゃみせん》をかかえた鳥追い女がはいってきた。

ほかに空いている縁台もあるのに平蔵とおなじ縁台に迷いもなく腰をおろした。

編み笠の紐をはずし、三味線といっしょに脇におくと、さりげなく声をかけてきた。

「お暑うございますね、旦那《だんな》……」

「ン？……」

鳥追い女は三味線片手に男をくわえこむことがある、いわば流しの娼婦でもある。

おれを「いいカモ」と見たのかと苦笑してかえりみて、思わず目を瞠《みは》った。

「おもん……」

「ふふ、こんな年増《としま》はお口にあいませんか」

ゾクリとするような色っぽい流し目をくれて、躰を半身にひねってささやきかけた。

「そのままでお聞きください」

おもんは手ぬぐいを使いながら、低いが、よく透る声でささやいた。

「お伝えしたいことがございます。四半刻（三十分）あとに鐘撞堂《かねつきどう》においでくださいまし」

「承知した」

平蔵がうなずくと、おもんは手ぬぐいでうなじの汗をぬぐいつつ、通りかかった茶汲《ちゃく》み女に愛想よく声をかけた。

「お姐《ねえ》さん、厠《かわや》を使わせてもらうあいだ、ちょいと三味線を見ていておくんなさいな」

腰をあげながら、小銭をつかませた。

「あら、おこうさん。いつも、すみませんねぇ」

――ほう。今日はおこうか……。

たしか、この前は百姓女の姿で名前もおみよと呼ばれていたが、女忍びだけに身なりも化けるし、名前も変えるらしい。

藍微《あいみ》塵《じん》の単衣物《ひとえもの》に紅殻色《ベンガラいろ》の帯をしめて、形のいい臀《しり》を左右にふりつつ、奥の厠に向かうおもんを目の端で見送ってから、平蔵はゆっくり腰をあげた。

二

おもんは黒鍬組に属する公儀の忍びの者のなかでも腕利きの女忍《にょにん》である。

平蔵が駿河台の屋敷を出て、神田新石町《しんこくちょう》の長屋でひとり住まいをはじめたころから、幾度となく修羅場をともにし、何度も窮地を救ってくれた命の恩人でもある。

巳年《みどし》生まれだから、もう三十路《みそじ》の坂をとうに越えているはずだが、きりっとひきしまった躰は微塵《みじん》も年を感じさせない。

広小路から寛永寺境内《けいだい》にはいり、不忍池《しのばずのいけ》沿いに鐘撞堂への小道にはいった。

左右は鬱蒼《うっそう》と生い茂る杉の木立である。

この森は一昨年の一月に悪党が火牛を使った放火の跡が残っていたが、植木屋が近くの山から杉の木を移植したらしく、今は青々と新葉を茂らせている。

参詣人の多い境内の南西の杉木立に囲まれた鐘撞堂のあたりは人影もなく、深閑《しんかん》と静まりかえっている。

まだ約束の四半刻にはすこし間がある。

鐘撞堂の台座に背をゆだねて草むらに腰をおろし、所在なげにおもんを待っていると、なにやら逢い引きの女を待っている密《みそ》か男のような気分になった。

杉木立から蟬《せみ》しぐれが降りそそいでくる。

小腹がすいてきて、手にした風呂敷包みをひろげ、重箱から蛸の桜煮をつまんで口にほうりこんだ。

甘辛く煮染めた蛸は歯ごたえもよく、嚙みしめるとじわりと旨味が口にひろがる。

腕を組んでぼんやり杉木立の梢《こずえ》を眺めていると、台座のうえからぷんと香料の匂いが降ってきた。

「あら、おいしそうな蛸……」

鐘撞堂の台座の石組みのうえにひざまずいたおもんが三味線を膝にかかえてのぞきこんでいる。

「わたしにもくださいな」

そういうと三味線をかかえたまま、ふわりと飛びおりてきた。

赤い腰巻の裾がひるがえり、白い内腿がちらりと見えた。

一瞬、生臭い女の体臭が平蔵の鼻腔をくすぐった。

「あいかわらずお俠《きゃん》なおなごだな」

「あら、うれしい。あたしをおなごと思ってくださってるんですか」

くすっと笑って平蔵のかたわらにしゃがみこむと、指をのばして重箱の蛸の桜煮をつまんで口にいれた。

「いい、お味ね」

目を細めて嚙みしめながら、ポツリとつぶやいた。

「桜煮なんて何年ぶりかしら……」

きりっとひきしまった横顔に女盛りを修羅場のなかで過ごしている女忍の寂寥《せきりよう》がフッとよぎった。

「もうひとつ、どうだ。ン？」

おもんはふいに平蔵の肩に頰を埋めた。

「平蔵さまが新石町の長屋にいらっしゃったころが懐かしい」

「…………」

平蔵は無言でおもんの肩を抱きよせた。

おもんの肩甲骨《けんこうこつ》は女忍とは思えないか細いものだった。

贅肉《ぜいにく》ひとつないひきしまった二の腕には強敵にも怯《ひる》まず立ち向かっていく女忍の強靱《きようじん》さが秘められ、躰のいたるところに死闘の傷痕が残っていることを平蔵は知悉《ちしつ》している。

——無惨な……。

そう思わずにはいられなかった。

なまじ忍びの者の娘に生まれたばかりに非情に生きることを強いられた女の哀れがひしひしと胸に伝わってくる。

やがて、おもんは顔をあげ、抑揚のない声で容易ならざることを伝えた。

「いま、抜け荷で荒稼ぎをしている輩《やから》が裏街道を使って江戸にはいりこんでおります」

「ほう、抜け荷というと、商人がらみか」

「いえ。抜け荷の相手は海賊にひとしい荒くれ者ゆえ、腕のたつ浪人者を雇わなければなりますまい」

「なるほど、浪人者を雇うとなると、江戸で探すのが一番手っ取り早いだろうな」

「はい。抜け荷となれば町奉行所の手には負えませぬゆえ、いま、黒鍬の者が探索をつづけております」

「火盗改《かとうあらため》は動いてくれんのか」

「火盗改はもともと探索には不向きですし、あまり頼りになりません」

「ふふ、わからんでもない。だいたいが無役の旗本や御家人《ごけにん》の暇つぶしみたいな役職だからな」

「ま、そんなことをおっしゃってよろしいのですか」

「なに、公儀の役人のおおかたは暇つぶしみたいなものよ」

「それはともかく海賊まがいの荒くれ者が相手となると、また平蔵さまのお力をお借りすることになるかも知れませぬ。そのときは、また、加勢していただけますか」

おもんは縋《すが》るような目を向けた。

「わかった……」

平蔵はうなずいて苦笑した。

「ただし、公儀のためではないぞ。おまえとは浅からぬ縁《えにし》もあるからの。頼られては断るわけにもいくまいよ」

「ありがとうございます」

おもんは双の腕を平蔵のうなじにひしと巻きしめてきた。

「おい、よせよせ。おれは、いつ狼《おおかみ》になるやも知れぬ男だぞ」

「あら、うれしい。平蔵さまにならら、いつ食べられてもかまいませぬもの」

「こいつめ……」

「ふふふ……」

おもんは忍び笑いすると、一変して女忍の表情にもどった。

「ただ、このことはしばらく他言はなさらないでくださいまし、探索の妨げになる恐れがございますゆえ」

「承知した」

「では、なにかわかりましたら、つなぎの者を差し向けます」

そういうと、おもんは帯のあいだから［爪《つめ》］と呼ばれる飛び道具を取り出して平蔵に見せた。

「これを持参した者が、わたくしの手の者と思ってくださいまし」

「よし。あい、わかった」

「では、いずれ、また……」

そういうと、おもんは素早く身仕舞いを整えて、寛永寺の深い木立のなかに溶けこむように消えていった。

三

平蔵は袴の股立《ももだ》ちをからげ、ひさしぶりに木刀を手に道場に立った。門弟たちが毎日、汗をかいて稽古《けいこ》に励んでいる床板を裸足で踏みしめると、なんともいえず清々《すがすが》しい気分になる。

「ほう。素面素小手《すめんすこて》、木刀での立ち合い稽古が望みか……」

矢部伝八郎はまじまじと平蔵を見つめたが、すぐに、うんとひとつおおきくうなずいてにやりとした。

「なにか、あったな、神谷」

「まぁ、な」

「よかろう。ひさしぶりに佐治道場のころにもどってみるのも悪くはない」

「すまん」

「なあに、たまにはこういうことでもないと腕がなまっていかん」

伝八郎は無造作に道場の羽目板にかけてあった赤樫《あかがし》の木刀をつかんだ。

十数人いた門弟たちが期待に顔を見合わせ、緊張した表情で左右に正座して二人を見守っている。

伝八郎は片手でびゅっと木刀を一振りすると高弟の土橋精一郎《どばしせいいちろう》を目でしゃくった。

「精一郎。今日は井手さんが不在だから、きさまが見届け役だ。いいな」

「はっ……」

精一郎はうれしそうに破顔した。

「おふたりの立ち合いを拝見するのは初めてですからワクワクしています」

土橋精一郎は磐根藩の近習《きんじゅう》だが、江戸藩邸詰めのせいもあって、この小網町の道場によく稽古にやってくる。

磐根城下で鐘捲流の道場をひらいている藤枝重蔵《ふじえだじゅうぞう》門下の逸材で、いまは磐根藩で一、二を争う遣《つか》い手でもある。

この道場の門下のなかでも精一郎と五分以上に立ち合える者は師範の井手甚内と師範代の矢部伝八郎、それに客分の柘植杏平、もしくは笹倉新八ぐらいのものだ。

釣りが酒や飯よりも好きで、日頃はのほほんとした陽気な若者だが、道場での稽古よりもむしろ修羅場で生彩を放つ、実戦向きの肝《きも》の据わった剣の遣い手である。

このところ、道場には滅多に顔を見せない平蔵がひさしぶりに竹刀《しない》を取って道場に立つと、門弟たちは先を争って稽古をつけてもらおうとした。

門弟たちは面、小手、割り竹の胴着をつけていたが、平蔵は昔ながらの素面、素小手のままだった。

それでも門弟たちの竹刀は一度も掠《かす》りもせず、ことごとく跳ね返し、一振りで面か、胴に決め手の一撃を放ち、寸止めにした。

半刻あまりのあいだ平蔵は十数人の門弟と立ち合ったが汗ひとつかいていない。

精一郎とも立ち合ったが、一歩も踏み込ませず、羽目板に追いつめて、立ち往生させてしまった。

今日、井手甚内は紀州藩上屋敷の出稽古に出向いていて留守だった。

ふだんの稽古ならこれくらいで手頃だろうが、今日は、もうひとつすっきりしない。

そこで伝八郎に素面素小手で、木刀をもっての立ち合いを頼んだのだ。

むろん、素面、素小手、胴着なしの立ち合いでは、寸止めができるだけの腕がないと怪我だけではすまず、命にかかわることもありうる。

寸止めというのは木刀が相手の躰に触れるぎりぎりの瀬戸際でぴたりと止めることで、それができないうちは、いまだ技量未熟ということになる。

佐治道場でも切り紙以上の高弟にしか許可されなかった。

平蔵は十五のとき、伝八郎は十六で切り紙を許されて、毎日、木刀で師の一竿斎や高弟に立ち向かっていたものだ。

もとより時には勢いあまって寸止めがきかず、相手に青痣《あおあざ》をつくってしまったり、骨折させたりすることもある。

そのため、佐治道場の切り紙は、並の道場の免許皆伝を上回るといわれた。

四

上背のある伝八郎は初手から木刀を右上段に構え、するすると右へ、右へと摺《す》り足で廻りこんできた。

伝八郎の右上段からの打ち込みは侮《あなど》りがたいものがある。

平蔵は木刀を青眼《せいがん》に構えたまま、伝八郎の動きにあわせて左に躰を移動させていった。

伝八郎の摺り足がぴたりと静止し、踏み込む気配を見せた瞬間、平蔵は木刀を青眼から下段に移した。

二人はそのまま長い対峙《たいじ》にはいった。

門弟たちは息を殺し、瞬きも止めて二人の対峙を固唾《かたず》を呑んで見守っていた。

道場の外を通る牛車の轍《わだち》のきしみが、なんとものどかに伝わってきた。

その瞬間、やや―っ！　と凄《すさ》まじい声とともに、伝八郎が躍りこむように上段から左の肩口に打ち込んできた。

平蔵は下段から木刀を摺りあげた。

カラカラカラッと二人の木刀が絡みあう乾いた音が響いた。

伝八郎の打ち込みはさすがに圧力があったが、平蔵は巻き込むような太刀筋でかわしつづけた。

二度、三度と伝八郎は休む間もなく、打ち込んできた。

それをことごとく跳ね返しているうちに伝八郎の額に大粒の汗が噴き出してきた。

肩がおおきく波うち、気息を整えている。

――来るな。

と思った途端、伝八郎は足を蹴って踏み込みざま、懸河《けんが》のような一撃を打ちおろしてきた。

平蔵は下段から木刀を摺りあげざま伝八郎の圧力のある木刀を跳ね返した。

二人の躰が交錯し、すれ違った瞬間、腰を捻《ひね》って踵《かかと》を反転させ、伝八郎の左肩口に鋒《きつさき》を打ちこみざまに指一本の間で寸止めした。

ほとんど同時に伝八郎は真横に薙《な》ぎ払うような一撃を返し、平蔵の右の脇腹ぎりぎりのところで寸止めにした。

「ううむ！　見事なものだ」

道場の戸口から柘植杏平が声をかけながら、ゆっくりと歩み寄ってきた。

「ひさしぶりに見応えのある稽古を見せてもらった」

「おお、柘植どの……」

「いかんですなぁ。だんまりで立ち合い見物とは……」

伝八郎はとめどなく噴き出してくる汗をぐいと腕でぬぐい、苦笑しながら見迎えた。

「いや、声をかけようとしたんだが、二人の気合いに気圧《けお》されて、つい、失礼して立ち見をさせてもらった」

柘植杏平はかつて尾張柳生《やぎゆう》門下の高弟だったが、流儀に外れた異形の剣を工夫し「石割《いしわり》ノ剣」と名付けたことから破門されたという剣客である。

その後、諸国をまわって修行していたが前藩主の徳川吉通《よしみち》が杏平の剣を惜しんで呼びもどし、陰守《かげもり》として庇護《ひご》していたという異例の剣歴の持ち主だった。

思いがけないことから平蔵と親しくなり、以来、伝八郎や井手甚内、笹倉新八なども昵懇《じっこん》の間柄になっていた。

ときおり顔を出して門弟の稽古相手になってくれるし、いまや平蔵とは暇つぶしにもってこいの囲碁《いご》仲間でもある。

五

道場裏にある井戸端で汗を流したあと、伝八郎が住まいにしている母屋《おもや》で平蔵が持参した重箱の煮物を肴《さかな》に、柘植杏平と土橋精一郎をまじえた四人で車座になった。

「そうか、それで今日の神谷はいつになく気合いがちがっていたんだな」

平蔵から根津権現の一件のことを聞いて、伝八郎は腑《ふ》におちたというように大きくうなずいた。

「神谷はこのところ道場からしばらく遠ざかっていたが、これまで何度も修羅場をくぐりぬけておるだけのことはある。いやいや、たいしたものよ」

「さよう。さきほどの矢部どのの一撃をかわしざまの肩口への反撃は見事でござった」

柘植杏平がおおきくうなずいた。

「そうよ。あれは相撃ちのように見えたが、神谷の打ち込みのほうが一瞬、早かった。真剣ならまちがいなく、おれのほうがやられていたな」

伝八郎も相槌《あいづち》をうったが、平蔵はいやいやというようにかぶりをふった。

「いずれも、きさまに先手をとられ、おれは後手にまわっていた。あんなことでは、あやつを仕留めることはできまいよ」

「ほう……」

伝八郎が黒々と双眸を瞠った。

「そやつ、それほどの遣い手だったのか」

「うむ。斬り合ったのはわずかの間だったから技量がどうこうはいえんが、対峙したときの氷のような眼差しは剣士というよりは、むしろ獰猛《どうもう》な獣のようだったな」

「ほう……獣か」

「なるほど、わからんでもない」

柘植杏平がぼそりとつぶやいた。

「わしも、そういうやつに出会《でお》うたことがある。あえて相撃ちも辞さぬという手合いだ。肉を斬らせておいて、骨を断つ。いうならば殺人鬼のようなやつだ」

「ああ、まさに、あいつはそれだった」

平蔵はおおきくうなずいた。

「むかし、師匠から相手の力量は目を見ればわかると聞いたことがある。真剣で向き合ったときは免許取りでも、切り紙以下の者に遅れをとることはめずらしくない、と」

「なるほど、佐治先生らしいふくみのある言葉ですな」

柘植杏平の双眸が糸のように細くなった。

「薩摩に野太刀《のだち》示現流《じげんりゅう》という剣法があるが、これが、まさしくそれでな。受け太刀は一切無用、ひたすら真っ向微塵に斬りおろすことだけを鍛錬するらしい」

「ははぁ、そりゃ凄まじい」

伝八郎が唸《うな》った。

「神谷が出会ったのも、それか」

「いや、野太刀示現流とはすこしちがうようだ。もしかするとタイ捨流《しゃりゅう》に近かったような気がする」

「なるほど、示現流はタイ捨流の流れを汲んでおるからの」

　柘植杏平が深ぶかとうなずいた。

「いずれにせよ。貴公ほどの遣い手が仕留めそこなったというのは並大抵のやつじゃないことはたしかだろう」

「ああ、おれの腕がいささかなまっていたこともあるが、ともあれ、修羅場を数知れずかいくぐってきたやつにはちがいない」

　平蔵は昨日のことを思い浮かべて、眉をしかめた。

「精妙な剣というわけではなかったが、なかなか肝が据わっているやつで、しかも刃唸りするような剛剣を遣う。おれも一太刀浴びせたが、あと半歩の踏み込みが足りなかった気がする」

「なるほど、さっきの稽古はその手直しのためだったのか」

　伝八郎がピシャリと頬をたたいた。

「いや、そういうわけじゃないが、このところ、ちと稽古不足の嫌いがあったからな」

「ふふふ、なにせ、神谷はこのところ新妻との夜なべに励みすぎておるからのう。腰のキレも鈍るというもんよ」

伝八郎、片目をつむってにんまりした。

「なにをぬかすか。この日照りつづきで腹病みの患者が連日押しかけてきて、飯食う暇もろくになかったくらいだ」

「ほう、さしずめ、当節笑いがとまらぬご繁昌《はんじょう》という口だな。いや、結構、結構。ならば、ずいぶんと貯めこんだろう」

「冗談じゃない。おれのところに来る患者はおおかたツケばかりで台所は火の車よ」

「ちっちっ！　そんなみみっちい客を相手にするからいかんのだ。前勘定にしろ。前勘定に……」

「こいつ！　女郎屋じゃあるまいし、前勘定などという医者はおらんぞ」

睨《にら》みつけたとき、育代が徳利と盃を乗せた盆を運んできた。

「さぁさ、お待たせしました。お燗《かん》がつきましたよ」

「お、今日は燗酒にしたのか……」

「ええ、柘植さまにいただいたのは灘《なだ》の銘酒ですもの。お燗をつけないともったいのうございます」

「ほう、それにしても灘の下り酒とは豪勢ですなぁ」

「いやいや、ちと人からの頂戴物《ちょうだいもの》を持参したまでのこと、気にせんでもらいたい」

六

根津権現の鐘楼《しょうろう》の鐘が五つ（午後八時）を撞《つ》くのが聞こえてきた。

「ちと遅くなりましたかな」

肩を並べて歩いている柘植杏平が笑いかけてきた。

「さよう。伝八郎はむかしから酒がはいると歯止めがきかなくなるので始末が悪い」

平蔵は苦笑まじりに舌打ちした。

柘植杏平が持参した一升の酒を飲みあげたあと、伝八郎が近頃よく行くという池之端仲町《いけのはたなかちょう》の小料理屋に精一郎ともども強引に誘われて、つい遅くなってしまったのだ。

伝八郎は一度、羽目をはずすととめどがなくなる。

すすめ上手の酌婦《しゃくふ》の膝を枕に鼾《いびき》をかいて寝てしまった伝八郎の始末を若い精一

郎に頼んでおいて、平蔵は提灯《ちょうちん》を借りて柘植杏平と先に帰ることにしたのである。

小日向《こひなた》に住まう柘植杏平には遠回りだが、不忍池沿いの夜道を抜けて、谷中の天王寺《てんのうじ》前の坂道をくだって団子坂下に向かう途中だった。

「さっきの立ち合いだがな。腑におちぬところが二度あった」

柘植杏平がぼそりとつぶやいた。

「貴公がうちこめばきまっておったところを二度はずされたな」

「さて……それはどうですかな」

平蔵はさらりと口を濁した。

「ふふ、ま、よい。わしは神谷どのが矢部どのが得意の上段からの打ち込みをかわして反撃する工夫に眼目をおいておられると拝見した」

「………」

「いや、あの下段から摺りあげざまの返し技は見事の一語につきる」

柘植杏平はおおきくうなずいた。

「稽古もままならぬ身でよくぞ工夫なされたものよ」

「いや、あれは咄嗟《とっさ》に躰が動いたまででござる。工夫などとはとんでもござらん」

笑ってかわしたが、さすがは柘植杏平、見るべきところはしっかり見ていると平蔵は心中で唸った。

さすがは尾張柳生流の流儀に背いて［石割ノ剣］という技をみずから会得した一流の剣客だけのことはある。

よい剣友を得たものだと平蔵はしみじみ思った。

この界隈《かいわい》は小料理屋や、赤提灯の飲み屋も多く、まだ千鳥足《ちどりあし》の酔客と客を呼びこむ酌婦の黄色い声で賑《にぎ》わっている。

「それにしても、あの蛸の桜煮はうまかったし、ほれ、以前に馳走《ちそう》になった味噌漬豆腐などは絶品でしたぞ。……どうやら、ご新造《しんぞ》は板前いらずの料理上手ですな」

「いや、なにせ貧乏所帯ゆえ、安くて日持ちのする食い物を作ってはせっせと食わせようとするだけですよ」

「なんの、台所上手のおなごは鉄《かね》の草鞋《わらじ》を履《は》いてでも探せという諺《ことわざ》もある。あとはお子が生まれればいうことなしでござろう」

「さて、それはちと……」

平蔵、口を濁して塩辛い目になった。

「笙船《しょうせん》どのによると、おなごが腹に子をもつにふさわしい年頃は十五、六から二十五、六だそうですよ」

小川《おがわ》笙船は伝通院《でんずういん》前に住まう名医で、柘植杏平とも懇意《こんい》の仲である。

「ほう、笙船先生がそのようなことを」

「さよう。おなごの精気がもっとも強いのが二十歳前後で、そのころにややを生んでおかぬとあとはなかなかむつかしいらしい」

「ふうむ。そんなものかのう」

「ただ、これは篠にはないしょですぞ」

平蔵は指を口にあててホロ苦い目をした。

「なにせ、あれはややを欲しがっておりますからな」

「いや、もちろん口外はせぬが……」

柘植杏平は深ぶかとうなずいた。

「となると、うちの露《つゆ》も子には縁遠いということになるな」

「そうか、ご新造も篠とおつかつの年ごろでしたな」

「ま、それがしも露も格別、ややが欲しいとは思うてはおらぬが……とはもうせ、三十路になっても子を孕《はら》むおなごもめずらしくありませんぞ」

「それは若いころに子を生んでおるゆえ、腹が子を孕みやすくなっておるのだと笙船どののはもうされておりました」

「ふうむ……」

「ふふふ、なにやら所帯じみたはなしになってしまいましたな」

「いや、まったく、男同士でするはなしではござらん。はっはっは……」

柘植杏平が苦笑いしたときである。

——突如。

背後から突風のような殺気が襲いかかってきた。

咄嗟に平蔵は手にした提灯を曲者《くせもの》めがけて投げつけると、提灯をはたき落として斬りつけてきた曲者を横薙ぎに斬り捨てた。

したたかに胴を斬りはらった手応えとともに曲者は法住寺《ほうじゆうじ》の白壁に激突し、下《ど》水溝《ぶ》に首を突っ込んでいった。

柘植杏平は背後から白刃《はくじん》をふりかざして斬りこんできた曲者を、軽く腰をひねってかわしざま、刃唸りのするような剛剣を肩口にたたきつけるようにして斬り伏せた。

間をおかず平蔵に襲いかかってきた曲者を下段からの一閃《いっせん》で喉笛《のどぶえ》を斬りはらっ

た。

びゅっと黒い血しぶきが噴きあがり、曲者は虚空をつかみ、仰向けざまに路上に突っ伏した。

曲者は背後から数人、前方から数人、いずれも裁着袴《たつつけばかま》に草鞋履きという軽装で二人を挟み撃ちにするかのように襲いかかってきた。

場所は天王寺門前の坂をくだりきったばかりで、右には大円寺《だいえんじ》、左側には法住寺と妙蓮寺《みようれんじ》が向かいあう、団子坂に向かう十字路にあたる位置だった。

日中は天王寺、根津権現、白山《はくさん》権現などに参詣する人びとで賑わうが、暮れ六つ（午後六時）を過ぎると人の足は途絶えがちになる。

背後の天王寺門前町には酔客や、チョンの間稼ぎの酌婦の肌身が目当ての遊客もうろついているが、坂をくだったこのあたりは深閑と静まりかえっている。

そこを狙っての待ち伏せらしい。

二人はたがいに背を向けあい、素早く草履を脱ぎ捨て、足袋跣《たびはだし》になって曲者の集団に立ち向かった。

「神谷どの。こやつらは昨日のやつらの仲間らしいですな」

柘植杏平が落ち着いた声音《こわね》で肩越しに呼びかけてきた。

「さよう。とんだとばっちりで迷惑をかけますな」

「なんの、さような斟酌《しんしゃく》は無用！」

柘植杏平は豪快に笑い捨てると、右側から斬りつけてきた曲者の刃《やいば》を跳ね返しざま胸板を鋒でずぶりと刺し貫いた。

「ううっ……」

くわっと双眸を見ひらき、片手で胸の刃をつかもうとした曲者の腰を蹴りつけ、刃を引き抜いて柘植杏平が叱咤《しった》した。

「さぁ、来い！　きさまらのような虫けらどもは生かしておいては世間の迷惑になる。残らず皆殺しにしてくれるわ」

大気を震わすような罵声《ばせい》を浴びせた。

そのとき曲者の背後からピイーッと呼子笛《よぶこぶえ》の音が鋭く鳴り響いた。

途端に曲者の群れは踵《きびす》を返し、さっと潮が引くかのように夜の闇に消えていった。

残された四つの屍《しかばね》はいずれも息はなく、面体《めんてい》も見知らぬ者ばかりだった。

第四章　鬼夜叉《おにやしゃ》

一

翌朝、平蔵が篠と朝餉《あさげ》をとっていたとき、玄関から北町奉行所同心の斧田《おのだ》晋吾《しんご》が訪《おとな》いの声もかけず、ずかずかと土間に踏み込んできた。

「おお、飯どきだったか。いや、すまん」

口とは裏腹に、一向にすまぬという顔つきではない。

このあたりが町方同心の気さくといえば気さく、不作法といえば不作法なところだが、斧田晋吾の場合は相手を見てのところがあるから始末に悪い。

斧田は南北両奉行所に六名ずつしかいない定町廻《じょうまちまわ》り同心《どうしん》のなかでも屈指の腕利きで、下手人《げしゅにん》の探索、捕縛に携《たずさ》わるだけに、剣や十手《じって》の腕もなかなかのもので、縄をかける素早さは目を瞠《みは》るものがある。

町方の与力や同心は上様の御成先《おなりさき》でも着流し御免で、袴《はかま》はつけず、博多帯《はかたおび》に雪駄履《せったば》きで、十手は後ろに差している。

髪結いの費用は公儀もちで、毎朝、自宅にまわってきては日髪日剃《ひがみひぞり》で、伊達《だて》な小銀杏髷《こいちょうまげ》に結いあげる。

なかでも定町廻り同心は日頃から市中を見回って商人や職人、その女房たちと親しくしていないと勤めに支障をきたす。

さようしからばと肩肘《かたひじ》張っていては町人に敬遠され、毛嫌いされるし、下情に通じていない者には務まらない。

銭湯にはいるときは朝の女湯ときまっていて、刀架けも女湯に置かれている。朝の女湯はがら空きだし、たまに色っぽい年増《としま》がはいってくることもあるが、だれも気にしない。

ことに定町廻り同心は口調もべらんめぇで、歯切れがよく、無粋《ぶすい》をなにより嫌い、金払いもいい者でなければ務まらない。

それだけに南北両町奉行支配下の同心のなかでも定町廻り同心は、隠密廻り同心、臨時廻り同心とともに［三廻り］とよばれる花形で、扶持《ふち》は三十俵二人扶持という安いものだが、武家屋敷や商人から盆暮れに付け届けがある。

大名や旗本、商人たちも不祥事《ふしょうじ》に巻き込まれたときは表沙汰《おもてざた》にならないよう町方の手を借りなければならないからだ。

そのために探索、捕縛を担当する［三廻り］同心には［役中頼み］といって付け届けをしておくのが不文律《ふぶんりつ》になっていた。

その金額は五両から二十五両とさまざまだったが、ほぼ一年に二百両から三百両にはなるらしい。

この付け届けの金は抱えている小者や、配下の岡っ引きや下っ引きに配り、小遣《こづか》いや探索の費用にあてる。

また、八丁堀《はっちょうぼり》の組屋敷は与力で三百坪、同心はおよそ百坪の地所があるため、その一角を貸して地代や家賃を稼いでいる者も少なくなかった。

借り手は医者や学者などの素性たしかな者が多く、まわりが奉行所の与力や同心なら用心もいいから、家賃は割高でも借りたい者はいくらでもいた。

斧田晋吾は仕事柄、すぐ下世話なシモネタを口にする癖《へき》があるが、面倒見のいい男で、これまで平蔵もずいぶん助けられているから、いまや顔見知りというより相対ずくの友達づきあいになっている。

町方同心は中間《ちゅうげん》を供にしたがえて市中を見回る定めになっている。

ところが、中間というのは渡り者が多く、ないしょで商人から賄賂《わいろ》をせしめたりする者がいるので、斧田はそれを嫌って中間は雇わずに通している。

二

「おお、ここは涼しくていいのう」

奥の八畳間にあぐらをかいた斧田はせわしなく扇子《せんす》を使いながら、軒下に作った瓢簞《ひょうたん》の棚に目をやった。

「瓢簞は薬にでも使うのか」

「なに、すこしは暑気ばらいになるかと思ってな」

「ふうん。医者は風流でいいのう」

青々と葉を茂らせている瓢簞に目をやりながら斧田が扇子を使っていると、篠がやってきて、お茶と坂下の茶店で売っている名物の団子を二串皿にのせてすすめた。

「お口よごしにどうぞ」

「や、これは造作をかけますな」

斧田は早速、団子に手をだして、ぬかりなく世辞をふりまいた。

「ご新造《しんぞ》。このところ一段と女っぷりがあがりましたな」

「ま……」

「さしずめ春三夏六《しゅんさんかろく》の口ですかな」

「え……」

篠はきょとんとして小首をかしげた。

「ほう、俗にいう春三夏六秋一無冬《しゅういちむとう》をご存じないか」

「さぁ……」

「ふふふ、なに、糞暑い夏の夜は寝苦しいゆえ、夫婦《めおと》が励むにはもってこいということでござる」

「ま……」

篠は急いで裏口に逃げ出してしまった。

「よせよせ、あれに下世話なことをほざいても空念仏《からねんぶつ》を唱えているようなものだ」

平蔵が苦笑いした。

「ははは、なにが空念仏。ご新造の顔が火になっておるわ。いやはや、うらやましいかぎり……」

いけしゃあしゃあで、どこ吹く風だ。

「ちっ！　だいたいが朝っぱらから千駄木くんだりまでのこのこ暇つぶしにくるとは同心稼業というのは気楽なものだな」

ちくりと皮肉ったたら、斧田は途端に真顔になった。

「なにをぬかす。あんたの尻ぬぐいのお鉢《はち》がまわってきたんだぞ」

「尻ぬぐい……」

「そうよ」

斧田は串団子を頬ばりながら、じろりと平蔵を睨《にら》みつけた。

「一昨日《おととい》の根津権現の一件で二つ、おまけに昨夜の団子坂下の大立ち回りで四つも屍体《おろくじ》を出してくれただろうが」

「おいおい、そういういいかたはなかろう。それじゃ、まるでおれが疫病神《やくびょうがみ》みたいに聞こえるぞ」

「みたいじゃなくて疫病神そのものよ」

「なにぃ」

「ま、ま、そうカリカリしなさんな」

斧田は団子を頬ばりながらにやりとした。

「あんたがバッサリやってくれたやつらは、どいつもこいつも奉行所にとっちゃ頭痛の種みたいなろくでなしばかりだ。ま、お奉行から金一封ださせたいところさ」

昼についた団子の餡《あん》をぺろりと舌で舐めると涼しい顔で茶をすすった。

「だがな、昨夜は向こうが仕掛けてきた闇討ちだ。受けて立つのは当然としてもだぞ。一昨日の根津権現の一件は、ちとやり過ぎじゃなかったのかい」

「なにをぬかすか」

平蔵は猛然と嚙みついた。

「浪人者が二人がかりで娘を手込めにしようとしていたんだぞ。しかも、娘を助けようとしたおれにも刃《やいば》を向けてきた。あんなやつらを生かしておけるか」

「ま、ま、そうカッカするな」

斧田は両手を団扇《うちわ》のようにヒラヒラさせて平蔵をなだめにかかった。

「べつに貴公を咎《とが》め立てしているわけじゃない。ただ、あんたほどの腕なら浪人者の二人ぐらい、峰打ちで叩き伏せることもできたんじゃねぇのかと、こう思うわけよ」

「なにが峰打ちだ。十手もちはすぐそういう気楽なことをいうがな。下手《へた》をすれば娘の命も危ないという瀬戸際にそんな悠長なことをしていられるか」

平蔵は目を怒らせ、斧田を睨みつけた。

「やつらは娘を縛りあげ、猿轡《さるぐつわ》までかけて二人がかりで嬲《なぶ》りものにしようとしていたんだぞ。辻斬《つじぎ》り強盗や押し込みよりも卑劣きわまる鬼畜《きちく》外道《げどう》の所行だ！　あんなやつらを野放しにしておけるか」

「わかった、わかった。ま、ま、そうムキになるな。なにもあんたを責めてるわけじゃねぇが、ただ、ちょいとひっかかるところがあってな。吟味方《ぎんみかた》与力からくわしく調べ書きをとってこいと尻をたたかれたわけよ」

斧田は十手でとんとんと肩をたたきながら上目遣いに目をしゃくりあげた。

「ひっかかるところとはなんだ。おれに手落ちでもあったというのか」

「ないない、それはない」

斧田は手をひらひらさせた。

「ただ、神社の下僕の話によると、あんたのほかにもう一人、二本差しが強姦《つっこみ》の現場にいたというじゃないか」

「ああ、あの男のことか……」

平蔵は口をゆがめた。

「そう、そこんところよ。もひとつ、すっきりしねぇのは……」

斧田が声をひそめた。

「あの、お糸ってぇ娘っ子のはなしだと、手込めにしようとしていた浪人をバッサリやったのは、そいつのほうなんだろう」

「うむ……」

平蔵は渋い目になってうなずいた。

「ところが、そいつがとんでもない食わせものでな」

「聞いた、聞いた。その二本差しは、いきなり、あんたにまで斬りかかってきたそうじゃないか」

「ああ、どうやら仲間を斬ったのも、いきなり、おれに刃を向けてきたのも、口封じのためだったようだ」

「うむ。あんたもそう思うか」

「思うも何も、やつがそう啖呵《たんか》をきっておる。仲間を斬ったのは、自分の名を口にしたからだとな」

「ほう、そいつは初耳だな」

「寺社の小役人にごちゃごちゃいっても糠《ぬか》に釘ではじまらん。だいたい、いまごろになって同心のあんたがのこのこやってくるなど、町奉行所はのんびりしすぎておるぞ」

「いや、御寺社との引き継ぎが手間取ってな。おれの耳にはいったのが一刻（二時間）前よ」

「ちっ！　どうせ、そんなことだろうと思ったよ。だから、あんな浪人者がボウフラみたいに湧いてくるのさ」

「まぁま、そうむくれるな」

　斧田は苦笑いして、平蔵をなだめにかかった。

「ここんところ、江戸は悪党がはびこるいっぽうだぞ。てっぺんが代替わりして、公儀もヤキがはいってるんじゃないのか」

「お、おい、めったなことをいうな！」

「だいたいが、てっぺんにいるやつらには下にいるもんのことなど頭にないからな」

「おい。おれも下のもんの口だぞ！」

「どうだか怪しいもんだ」

今日の平蔵、いささか機嫌が悪い。

そこへ篠が茶とスルメの炙《あぶ》ったのを運んできた。

「なにも、ございませんが……」

「おお、なんのなんの、いつも造作をかけてもうしわけござらん」

斧田は如才《じょさい》なく、満面に笑みをうかべて、スルメに手をのばした。

「スルメ、おおいに結構。わしの大好物でござるよ」

三

「ふうむ。そやつ、いぐち、というのか」

「うむ。斬られた浪人者が、たしかに、そう呼びかけたのを聞いた」

炙りスルメを細く裂いて醤油《しょうゆ》をかけたやつを口のなかで嚙みしめながら、平蔵はうなずいた。

「偽名かどうかはわからんが、探索の手掛かりにはなるだろう」

「ああ、もちろん、もちろん。なにせ、お糸という娘は、そやつが馬面《うまづら》だったことぐらいしか覚えておらんそうだからの。まずは、そのいぐちという名が目下のところ唯一の手掛かりよ」

スルメを嚙《かじ》っているうちに険悪だった平蔵と斧田のあいだも修復したらしい。

「昨夜の待ち伏せも、そのいぐち某《なにがし》がうしろで糸を引いてたんだろうな」

「ああ、柘植さんもそうみていた」

「よし、これで、符帳《ふちょう》があってきたな」

斧田はにんまりして、懐《ふところ》に手を突っ込むと懐紙《かいし》の包みをふたつ取り出した。

「ところで、根津権現の二人の浪人者の屍体からこんなもんが見つかったんだがね」

「うむ？」

懐紙は血で真っ赤になっていたが、二つの包みのなかにキラキラとまばゆく光る一両小判が五枚ずつ入っている。

「ほう、五両とは大金だな……」

「ああ、並のごろつき浪人が持ち歩けるような金じゃないぞ。おれなんぞ、所持金といや、せいぜいが二、三両が関の山だ」

「小判がはいってりゃ、まだましだ。おれなんぞ懐中に一分か二分もはいってりゃいいところだぞ」

「しかもな、それはかりじゃないぞ」

斧田は身を乗りだした。

「見ろ。この懐紙は御簾紙《みすがみ》の三枚重ねだ」

「なに、御簾紙……」

血が染みて、どす黒く変色した懐紙を平蔵は凝視した。

御簾紙は簾《すだれ》のように透けて見えるほど薄くて柔らかなため大奥の女や、大身《たいしん》の武家の奥方、吉原《よしわら》の花魁《おいらん》たちに好んで使われ「御事紙《おんことがみ》」とも「閨紙《ねやがみ》」ともよばれる高級品である。

扶持を離れた浪人者が気安く持ち歩ける代物ではない。

「その御簾紙はやつらのものじゃないな。だれかに小判を包んでもらったものだろう」

「それよ」

斧田はにんまりしてポンと手をたたくと、すくいあげるような目を平蔵に向けた。

「だとすりゃ、だれが五両もの大金を寄越したんだ。ン？　あんたに刃を向けてきた馬面の侍が一番臭いとは思わないか」

「うむ。たしかに、あやつは御簾紙を所持していても不思議はない金のかかった身なりをしておったな」

「ということは、やつらに金を渡して、お糸の拐《かどわ》かしをそそのかせたということもありうるだろう」

「拐かし……」

「そうよ。このところ市中では見目よい娘の拐かしが横行している。その一味ということも充分に考えられるぞ」

「あやつらが女衒《ぜげん》の手先になって、拐かした女を吉原にでも売っているというのか」

「いや、それはない。拐かされた女の人相書きは吉原、深川、浅草をはじめ江戸市中の花街に手配した。売買すれば女衒はもとより郭《くるわ》も花街も咎めを受ける。そんな女を買う店はあるまい」

「ならば、どうするというのだ。まさか、おのれたちで慰みものにするためだけに拐かしまではせんだろう。悪党というのは金にならんのに危ない橋は渡らんものだぞ」

「それがわからんのよ。もしかすれば京、大坂か長崎あたりの遊郭にでも売り飛ばそうとしているのかも知れぬが……」

「しかし、街道の関所はどこでも出女には厳しいのが御定法《ごじようほう》だろう」

「なぁに、箱根《はこね》の関所にも抜け道はある。金さえ出せばどうにでもなるもんよ」

「そうはいうが、抜け道はどこも険《けわ》しいものだ。拐かされた女を連れて裏街道を抜けるのは難しいぞ」

「悪党というのは網の目をくぐる悪知恵にたけておるからな。御定法の裏をくぐることぐらい屁《へ》の河童《かっぱ》よ」

「ちっ！　八丁堀がそれじゃどうしようもないな」

「ま、そういうな。南北両奉行所の三廻り同心をそっくりあわせても二十五、六人しかいないんだぞ。どうしゃかりきになったって抜け穴ができるのはやむをえん」

「ふうむ……公儀もケチ臭いな。百万人もの人間がひしめいてる江戸の治安をそれっぽっちの同心で守れというほうが土台無理なはなしだ。やはり、てっぺんにいる者には、しもじものことなんぞ、爪の垢《あか》ほどもわかっちゃいないってことだな」

　平蔵はスルメを食いちぎって舌打ちした。

「ま、いうてみてもはじまらんわ」

斧田はやんわりと話をそらせた。

ほうっておくと平蔵は何を言い出すか知れたものではないからだ。

「ともかく、その、いぐち某という二本差しを洗いだすしかないな」

「しかし、ただ、いぐちだけではな。いぐち、いむら、いまい、いのうえ、いがわ、いの字が頭につく名字は掃《は》いて捨てるほどあるぞ」

「しようがあるまい。探索は根気仕事のようなものだ」

斧田は扇子でうなじをバシッとたたいて口をひんまげた。

「そうはいうがな。もし、あのウジ虫みたいな浪人どもに五両ずつもの金をくれてやったのが、あの馬面の二本差しだとしたら、やつの魂胆《こんたん》はなんなんだ」

平蔵の双眸が底光りした。

「それに昨夜の襲撃にあいつが糸をひいていたとしたら、裏には並々ならぬ悪事がからんでいるにちがいないぞ」

「ほう、そこに目をつけるとはたいしたもんだぜ」

斧田はビシッと扇子で肩をたたいた。

「あんた、探索方の同心になれるぞ。どうだね。いっそのこと儲《もう》からない町医者なんぞ、さっさと見きりをつけて八丁堀にこぬか」

「ちっ！　なにをぬかしやがる。篠の耳にでもはいってみろ。頭から柄杓《ひしゃく》で水ぶっかけられるぞ」

「ふふふ、ご新造の水なら一度ぶっかけられてみたいもんよ」

斧田は扇子を腰に挟んで、腰をあげかけながらふりむいた。

「ところで、そのサンピン、こっちの腕はどうだったね」

刀の柄《つか》をたたいてみせた。

「そうだな。伝八郎や柘植どのとわたりあっても、そう引けはとらんだろう」

「ちっ！　始末に悪い人斬り狼《おおかみ》だな」

斧田は口をひんまげて肩を竦《すく》めた。

「そうとなりゃ、またぞろ、あんたの手を借りることになりそうだ」

「よしてくれ。おれはしがない町医者だぞ。悪党どもをお縄にかけるのが八丁堀の役目だろうが」

「そう情無《つれな》いことをいうなよ。友達のよしみってこともあるだろう」

ニヤッと片目をつむってみせると、羽織の裾《すそ》をくるっと巻きあげて背を向けた。

四

――その翌日。

根津権現門前町の［桔梗や］の女将《おかみ》のお絹が、お糸を連れて先日の礼にやってきた。

お絹は風呂敷に包んできた日本橋長崎屋のカステラ入りの桐《きり》の木箱をお礼だといって差し出すと、縁側の外に目をやって、

「まぁ、見晴らしがよくて、いいお住まいですこと……」

如才なく家を褒《ほ》めてくれたが、自宅といっても黒鍬組の持ち家をタダで貸してもらっている身としては尻がむずむずするだけだ。

お糸は叔母のお絹の背中に隠れるようにして肩をすくめて羞じらっていた。

「どうだ。まだお百度参りをつづけているのかね」

尋《たず》ねると、ええ、でも朝や夕方はやめて昼前に行くことにしています、と今にも消え入りそうな声で答えた。

「うむ。それがいい。当節は物騒なやつがふえたからな。あんたのような娘は一

人では出歩かんようにすることだな」

「はい……」

「もう、店には出ておるのか」

「え、ええ。でも、お料理を運ぶぐらいでいいと叔母さんがいってくれますので」

「そうか、それがいい。客はだいたいが男だからの。あんな目にあうと、もう男の顔を見るのも怖いだろう」

「いえ……そのような。神谷さまのような御方もいらっしゃいますから」

そのときだけは顔をあげて、しっかりと答えた。

「ははは、おれだとて男だからの。あんたのような可愛い娘と暗がりで出会ったら狼になるやも知れんぞ」

からかったら、うなじまで真っ赤に染めて羞じらった。

「もう、この子ときたら、すっかり神谷さまに岡惚《おかぼ》れしたらしくて、今日、お礼にうかがうともうしましたら、朝からそわそわして落ち着きませんのよ」

お絹がそういうと、お糸は袂《たもと》で顔を隠して、いたたまれぬように身を竦めた。

――こんなウブな娘を力ずくで手込めにしようなどと、犬畜生にも劣る外道の輩《やから》だ！

平蔵は痛ましげにお糸を見つめて、そう思った。

五

お絹が持参したカステラの木箱の風呂敷包みをあけてみると、奉書紙に包んだ五枚の一両小判が入っていた。

「ま、おまえさま。これは……」

篠は目を瞠った。

「どういたしましょう。このような大金」

「ふふふ、あの女将、張り込みおったな」

平蔵は苦笑したが、

「ま、わざわざ持ってきたものを返すのも角がたつ。それに、お糸が傷物にならずにすんだことがよほどうれしかったんだろうよ」

「では、このお金は……」

「糠漬けの甕《かめ》にいれて、おまえの隠し金にしておけばよかろう」

「よろしいのでしょうか」

「いいともよ。あの［桔梗や］は門前町でも繁盛しているようだ。気にせずに取っておいてやれ」


思わぬ余録があった日はえてして暇になるものだ。

あくびを噛みころし、縁側にあぐらをかいて洗濯している篠を眺めていると、チャラチャラ雪駄の音を響かせ、斧田晋吾が土間を突き抜け、裏庭に出てきた。

「ほう、洗濯姿の篠どのというのも一段と色っぽい。ちょいとした浮世絵の一枚絵になりますぞ」

「ま、斧田さま……」

篠はいそいで膝までたくしあげていた裾をおろし、ただいま、お茶を、と台所に駆け込んでいった。

「おい。八丁堀は毎日人の女房をかまいにくるほど暇なのかね」

きつい一発をかましてやった。

「お、なんだ、なんだ。そこにおったのか」

「なにをぬかす。人の家にだんまりで入ってくるやつは空き巣狙いか、八丁堀ぐ

ぞ」

「ま、ま、そう邪慳《じやけん》にするな。どうやら、例の二本差しの正体の見当がついた
まるで、いけしゃぁしゃぁ、蛙《かえる》の面にションベンの口だ。

「ちっ、それはなかろう。ちゃんと訪《おとな》いはいれたが聞こえなんだかな」

らいのものだぞ」


どっかと縁側に腰をかけて、ウンとひとつ大きくうなずいた。

「なに、あの、いぐち某の糸口でもつかめたのか」

「うむ。例繰方《れいくりかた》の記録を調べてみたら、二月《ふたつき》も前に京の奉行所から手配書が届いておったのよ」

「ほう、やつの手配書があったのか」

「おお、猪口仲蔵《なかぞう》というやつでな。なんでも猪《いのしし》に口と書いて猪口《いぐち》と読むらしい」

「ふうむ。猪に口か……」

斧田は懐から書き付けをとりだし、

「なんでも、手配書によると、やつの身の丈は五尺八寸（約百七十六センチ）と上背があり、鼻梁《びりよう》太く、顎《あご》がやや しゃくれ気味で、見た目はとぼけた馬面だが、剣のほうはタイ捨流の免許取りで、なかなかの凄腕《すごうで》だそうだ」

「ほう。まさにどんぴしゃりじゃないか」

「こやつ、見かけによらず相当な女たらしでな。京、大坂の悪党仲間のあいだでは年増ごろしの仇名《あだな》で通っていたそうだ」

「年増ごろし……あの馬面で、か」

「小娘は面《つら》がいい男にぼうっとなるが、年増女はお面《めん》のよしあしより、竿《さお》のよしあしが大事ということだろうよ」

「なるほど、馬は竿も長いというからな」

「ちっ、あれの竿は長さよりも太さだろうが」

「ふふふ、あんたも猪首《いくび》だから竿も太い口かね」

「なにをぬかしやがる」

斧田は渋い顔になって口をひんまげた。

「ともかく、やつは二十歳前後の若い女には目もくれず、ちくと渋皮のむけた年増なら、人妻だろうが、後家だろうが目をつけた女はきっちりモノにするらしい」

「あいつがねぇ……」

「ま、いいのいいのを尻で書く大年増というくらいだからな。年増は面よりモノのよしあしってことだろうよ」

斧田はウンとひとつうなずくと、洗濯している篠をちらりと見て声音《こわね》を落とした。

「しかも、やつと一度かかわりができると、女のほうが夢中になって離れんそうだぞ」

「まぁな。所詮《しょせん》、おなごというのは男にはわからん生き物だからな」

「そうよ。わからんところが味噌で、わかってしまえば、おもしろくもおかしくもなかろうってもんだろう」

斧田は年がら年中、世の中の裏表を見聞きしている定町廻り同心だけに、ときおりわけしり顔みたいな口をたたく癖がある。

「ところで、あんた。今年の初夏、京で逮捕されて獄門首《ごくもんくび》になった八文字屋喜兵衛《はちもんじやきへえ》という盗賊のことを耳にしたことがないか」

「ああ、知っているとも、江戸でもひところ噂《うわさ》になったほどだからな」

八文字屋喜兵衛というのは京坂を股にかけて荒らしまわっていた盗賊一味の首領で、大坂奉行所と京都奉行所が血眼《ちまなこ》になって追っていた札付きのお尋ね者だった。

それが、今年の四月に南禅寺《なんぜんじ》の塔頭《たっちゅう》に潜伏していたところを京都奉行所の捕り方に捕縛され、四月十二日に獄門のうえ三条河原《さんじょうがわら》で晒《さら》し首にかけられた。

このことは江戸でも瓦版《かわらばん》になったから平蔵もよく知っている。

「おい。まさか、昨日の侍が……」

「おお、その、真逆《まさか》のさかよ。そやつが八文字屋喜兵衛の片腕で、鬼夜叉《おにやしゃ》の仲蔵と呼ばれていた悪党にまちがいないようだぜ」

「八文字屋一味は残らずお縄になったんじゃなかったのか」

「なんの、なんの、お縄になったのは頭領《かしら》の喜兵衛だけで、一味の者は巧みに逃れて江戸にもぐりこんだらしい」

斧田は口をひんまげて吐き捨てた。

「八文字屋の手下のなかでも、あんたが逃がした猪口仲蔵というやつは八文字屋一味が狙いをつける的を決めるのも、事を運ぶ手口も一人で仕切っていたというから、相当に頭も切れるやつとみていいだろう」

「じゃ、おれが斬った小悪党は、その猪口仲蔵の手下だったのか」

「うむ。あんたが、やつらには上方《かみがた》訛りがあったといっていたから、西から連れてきた子分の片割れかも知れんな」

「つまり、子分の口封じに斬り捨てたということか」

「まぁ、そう見るのが筋だろう。子分がお縄になって、石抱き、水責めにでもされりゃペラペラと仲間のことを白状しかねん。その前に先手を打って始末したんだろうよ」

「なるほど、そういうことなら辻褄《つじつま》があってくる」

「八文字屋の手下には猪口仲蔵のほかにも、蟹《かに》の又佐《またざ》、牛若《うしわか》の半次郎《はんじろう》、河童の孫六《まごろく》なんぞという二つ名をもつ腕利きがいたらしい」

「蟹に牛若に河童か。判じものみたいな連中だな」

「しかも、やつらのおおかたは浪人者だというから、刀の遣いようも心得ているだろう。始末に悪いやつらが江戸にくだってきやがったもんだ」

「八丁堀も忙しくなってくるな」

「なに、つまらん小悪党を追いまわすよりも張り合いがあるってものよ」

　斧田の声にも気合いがはいってきた。

「ま、ともかくも、八文字屋の一味が江戸に流れてきているということがわかっただけでオンの字というもんだ」

「ふうむ……」

平蔵はおもんのことがチラと脳裏を掠《かす》めた。

「そやつら、まさか抜け荷にかかわっているってことはないか」

「抜け荷？　それはなかろう。やつらの狙いは金のある商人の金蔵ばかりだと聞いておる。抜け荷なんぞという物騒な話は耳にしておらんぞ」

「そうか……」

「おい、なんかあるのか」

「いや、数年前に青龍幇《チンロンバン》とか申す南蛮《なんばん》の海賊が浪人者を配下にしたがえて江戸の富商をつぎつぎに襲ったことがあるだろう」

「ああ、あれか……」

斧田はパンと両手を打って、おおきくうなずいた。

「あのときは、たしか、あんたや矢部どのの働きで一味をなんとか一網打尽《いちもうだじん》にできたんだったな」

「ま、それはともかくとして、その猪口仲蔵とかいうやつが頭の切れる男だとしたらだ。ひとつ南蛮を相手に大博打《おおばくち》を打とうと考えるかも知れぬと、ふと思ったまでだ」

おもんから抜け荷の一味のことを聞いたとき、青龍幇の事件が平蔵の脳裏にちらついていたのである。

「いやいや、あんな物騒な一件には二度とかかわりたくないものだ」

斧田はひらひらと片手をふって口をひんまげた。

「八文字屋の一味は悪党は悪党でも、抜け荷に手をだしたという形跡はこれっぽっちもない。あんたの思い過ごしだ」

「そうよな。おれも御免だ」

「ところで、あんた……」

斧田はすくいあげるような目を向けた。

「猪口仲蔵の面を覚えているといったな」

「うむ。西からの手配書どおり、たしかに馬面で、顎のしゃくれた男だった。それに鼻柱が並はずれて太いうえに小鼻もでかいやつだったな」

「ほう、それだけ覚えていりゃ充分だ」

斧田は気負いこんで身を乗りだした。

「そうとなりゃ、ひとつ、腕のいい絵描きに頼んで猪口仲蔵の人相書きを描かせてみようじゃないか」

「人相書き……」

「おお、なにしろ、手配書だけじゃこころもとないからな。ほら、例の枕絵の絵師、あれに描かせてみちゃどうだね」

「ああ、あれか……」

昨年の夏、平蔵のところに房事の悩みを相談にきた夫婦者の患者が謝礼に春画を数枚おいていったことがある。

なんでも女房のほうが独り者の絵師の身の回りの世話をする通い女中をしていて、春画はその絵師からもらったものらしい。

斧田のいう浮世絵師とは、その絵師のことである。

「なんでも菱川寿喜麿《ひしかわすきまろ》とかいう、ふざけた雅号の絵師だったな」

「ほう。よく覚えているな」

浮世絵師は版元の依頼で春画に筆を染めるときには、茶化した雅号を隠れ蓑《かくみの》に使う。

「な、あの絵描きはどうだ。おれにゃ絵の上手下手はさっぱりわからんが、あのときの枕絵の女の顔なんぞ本人そっくりだったぞ」

「うむ。おれも絵のほうは門外漢だが、あの春画はよくできていたと思うね」

「よし、きまった」

斧田は気負いこんで腰をあげると、

「あの絵師と、あんたに助けられた「桔梗や」のお糸にも、おれから話は通しておくから、ひとつ頼む」

パンと両手をたたいて拝まれてしまった。

「おまえさま。お手伝いしてさしあげなさいましな……」

手早く洗濯をすませたお篠がもどってきて斧田に口添えした。

「たまにはご公儀のお役に立ってあげるのもよいではありませんか」

「ま、手伝うのはいいが、だいたい、めったやたらと公儀が藩を取りつぶすもんだから浪人者がボウフラみたいに湧いてくるんだ」

じろりと斧田を見やった。

「ちっ、そんな目でおれを見るな。おれだって上の方に文句をいいたいことはヤマほどある口だぜ」

「そうですよ、おまえさま。斧田さまにあたるのは筋違いですよ」

「そうそう、筋違いの臍曲《へそま》がりもいいところだ。なぁ、ご新造」

「そうですよ。それに、そのような物騒な男を野放しにしておいたら、また泣かされるおなごがふえるばかりですもの」

「ほら、聞いたかい。ご新造まであぁいってくれてるんだぜ。ここは引き受けるしかなかろう。たかが人相書き作りの手伝いをしてくれるだけのことだろうが……」

「ふうむ……」

平蔵は、またぞろ、厄介事に巻き込まれそうだなと思わず溜息をついた。

第五章　人相書き

一

──その日の深夜。

暗夜の川面をゆっくりと櫓《ろ》の音をきしませて遡《さかのぼ》る一艘の屋根船があった。

櫓を漕いでいるのは屈強な船頭だった。

船上の屋形には竹簾《たけすだれ》がおろされ、置き行灯《あんどん》がともされた船内に二人の侍が酒膳を前に向かいあっていた。

二人とも月代《さかやき》を綺麗に剃《そ》りあげ、どこから見ても歴《れっき》とした扶持《ふち》取《と》りの侍に見える。

一人は根津権現の境内《けいだい》で神谷平蔵と刃《やいば》をまじえた猪口仲蔵であった。

向かいあっている侍は肩幅はあるものの、背がずんぐりと低く、平家《へいけ》蟹《がに》のような異相から蟹の又佐と呼ばれている。

「だから、よせといったろう」

仲蔵が盃を口にしながら咎《とが》めるように又佐に目をやった。

「あやつは医者の看板をあげてはいるが、公儀目付の弟で、神谷平蔵という男だ。かつては佐治一竿斎の道場で麒麟児《きりんじ》といわれたほどの剣客で、到底、おまえたちの手に負えるような相手じゃない」

「しかし、お頭《かしら》の顔を見たやつですぞ。ほうっておくわけにはいきますまい」

「かまわん。やつの家は千駄木だ。このあたりまで来ることはめったになかろうよ」

「それは、まぁ……」

ここは海に近いところらしく、海鳥の鳴く声が聞こえるし、のどかに櫓を漕ぐ音も伝わってくる。

「どうしても邪魔になったときは、おれが斬《き》る。いいな、又佐」

「ま、どうでもということなら手出しはしませんがね」

「それでいい、それで……これから大仕事がひかえている。よけいなことで配下の頭数は減らしたくない」

ひたひたと船縁《ふなべり》をたたく波の音も聞こえてきた。

「それよりも、又佐。御成道《おなりみち》の武蔵屋《むさしや》への手当はぬかりないだろうな」

「それは、もう……」

又佐はおおきくうなずいた。

「武蔵屋のおいねという女中頭が半次郎にすっかり首ったけでしてね。なんでも半次郎のいいなりですよ」

「ふうむ……」

「ま、二十六にもなる年増《としま》で、したい、させたいの女盛りですからね。おまけに芝居好きと三拍子そろってますから、牛若にかかっちゃひとたまりもありませんよ」

又佐がにんまりした。

「月に一度か二度の逢い引きじゃじれったいらしく、半次郎の合図で裏の木戸をあけて引き入れちゃ、物置小屋で可愛がってもらうのが楽しみのようで……裏木戸はあけっぱなしみたいなもんですよ」

「ふふふ、牛若のやつ、あいかわらず女をあしらう腕だけはたいしたものだな」

仲蔵が満足そうにうなずいた。

「ま、お頭の年増ごろしの腕とおつかつというところでしょう」

又佐は盃をあけながら、にやりとした。

「おいおい、おれは女をよろこばすのが楽しみなだけで、だましたり仕事の手伝いをさせたことは一度もないぞ」

「たしかにね……」

又佐は徳利の酒を手酌《てじやく》でつぎながら、仲蔵の顔を目ですくいあげた。

「しかし、お頭が若い女《の》には目もくれないのは何かわけがあるんですかね」

「なに。べつにこれというわけはないが、女がほんとの色事の味を覚えてくるのは二十五、六、いや、もうすこしあとだろうな。見てくれのいい牛若みたいな若い男にうつつをぬかすような小娘は抱いたところで、おもしろくもなんともない」

「そんなものですかねぇ。こっちは生まれてこのかた女にもてたことは皆目ありませんからな」

「又佐も年増の味を覚えてみろ。若い女《の》なんぞ相手にしたくなくなるぞ。漬け物も浅漬けより、じっくり漬け込んだ古漬けのほうが糠《ぬか》の味がじっくり染みてうまいだろうが」

「ま、好き好きでしょうな」

「糠床もほんとうに味が出てくるのは漬け込んで何十年もたってからだぞ。新しい糠床で漬けた漬け物なんぞ塩辛いだけでうまくもなんともないだろう」

仲蔵は沢庵《たくあん》の千切りに胡麻《ごま》をふりかけたのを口に運んで噛みしめた。

「女もおなじことよ。じっくり子壺《こつぼ》が練れてきた年増を抱いてみろ。おぼこの新鉢《あらばち》なんぞ味もそっけもないものよ」

「ま、いわれてみりゃたしかにねぇ。おさえこんでみても、ぎゃあぎゃあ泣き騒いで、暴れるだけで、木偶《でく》人形を抱いてるようなもんですからね」

「そうよ。蛤《はまぐり》も味が出るのは月見過ぎというだろう。新鉢がいいなんぞというやつの気が知れぬ。女は年増にかぎる」

「なるほど、いわれてみりゃたしかにね」

「そのかわり年増はしつこいぞ。初手はおもしろいが、そのうち鼻についてくる。女のほうもおなじことだろうよ。たがいに変わりばえのしない顔をつきあわせていりゃ、飽きもくるさ」

「浮気ごころってやつは男も女も変わりはありませんからな」

「だから、又佐のように女が欲しくなったら金で買っているほうが、後腐れがなくてずんといいのかも知れんな」

「まぁ、孫六みたいにいろんな女の股座《またぐら》をしゃぶるのが何よりの道楽だなんて妙なのもいますからねえ」

「ふふふ、あいつは河童《かっぱ》だからな。もぐるのが性にあってるんだろう」

「ところで、武蔵屋のほうはぬかりないとしても、肝心の娘の頭数をどうします。まだ、六人ばかり足りませんが」

「向こうはどうでも十二人は欲しいといってきている。それも、ただ、女ならいいというわけじゃないからな」

「しかし、手つかずの生娘《きむすめ》で、器量よしとなると、そう簡単に帳尻をあわせるというわけにはいきますまい」

「そのかわり一人頭五百両という飛びきりの高値だぞ。十二人で六千両、武蔵屋の品をあわせれば一万両にはなるだろう。それだけあれば千石船も思いのままだ。でかい仕事がいくらでもできるぞ」

「器量よしで、ただ若い女というだけなら二、三日もあれば楽に集められるんですがね。なぜ生娘じゃなくっちゃいけないのかわかりませんな」

「向こうの注文だ。やむをえんだろう」

「ですが、どうやって生娘か、そうでないかを確かめるつもりです。すこしは男といたずらしていたことがある娘でもわからないと思いますがね」

「いや、おまえにはわかるまいが、わかるやつにはわかる。女というのはそういうものだ。いいから妙な小細工はしないことだ」

「そんなものですかねぇ」

「女衒《ぜげん》にかかったら指先ひとつで、おぼこかどうかわかるというからな」

「へえ、餅《もち》は餅屋ということですかね」

「ま、この取り引きがうまくいったら、千石船で琉球《りゅうきゅう》に渡ってしばらくのんびりしようじゃないか」

「琉球ですか」

「琉球はいいぞ。冬も暖かいし、琉球女は情が深くて肌身もこりこりしている。又佐のように厳《いか》つい男のほうが牛若みたいな優男《やさおとこ》より、もてるかも知れぬぞ」

「なぁに、女なんてのはどこだっておなじようなもんでしょう」

「ふふふ、まぁな」

　ぴちゃぴちゃと船縁をたたく波の音が穏やかになってきた。

「どうやら船着き場が近くなったようですな」

蟹の又佐が盃を置いて腰をあげた。

二

——その、おなじ夜。

平蔵と篠は青い蚊帳《かや》を吊った寝間で寄り添っていた。

縁側から流れこんでくる夜風もすこしは涼しくなって秋の訪れを感じさせる。

「そろそろ蚊帳をはずしてもいいころになってきたな」

平蔵は肘枕《ひじまくら》をついて団扇《うちわ》を使いながら、かたわらの篠をかえりみた。

「ええ、でも秋の蚊はしぶとうございますもの。あと十日か、半月は用心しませんと……」

「おまえはよう蚊に食われるからな」

「でも、蚊は雌のほうが刺すといいますよ」

「つまり共食いか」

「ま、いやな……」

「ま、生き物はおよそ雌のほうが強いものと相場はきまっておる。蜂《はち》もせっせと蜜を運んで巣のなかの女王蜂に献上するからな。おれと似たようなものだ」

「ま、ようも、そのようなことを」

「ふふふ……」

「でも、なにやら斧田さまのおはなしですと、だんだん物騒な世の中になってきそうですね」

「ああ、今年は日照りつづきだったからな。諸式は値上がりするいっぽうだ。医者が繁盛するのはあまりよいご時世とはいえんな」

　平蔵は団扇を置くと、篠のうなじの下に腕をさしいれて引き寄せた。

「いつ、どんな世の中になるかもわからんぞ。そなたの貯えは日々の費《つい》えにはできるだけ使わずにとっておけよ。……その金はそなたのものだからな」

「わたくし、の……」

「そうよ。災いというやつは望みもせぬのに向こうからやってくる。しかも、おれはこれまで数えきれぬほど修羅場《しゅらば》をくぐってきたから、おれを敵《かたき》と狙《ねろ》うている者も数えきれぬほどいるにちがいない」

「ま……」

「だから、おれは医者のくせに刀を帯びるようにしておる。いつ、どこで、どんなやつに襲われるかわからんからな」

「………」

お篠の眉がかすかに曇った。

「ま、それはともかく、この世は一寸先が闇だ」

「え、ええ。それは、そうですけれど」

「それにな。おまえに預けた金のおおかたは医者とは無縁のことにかかわりあって手にした、いわば泡銭《あぶくぜに》のようなものだ」

「泡銭だなどとそのような……」

「ま、いうならばハナからなかったものと思って、おまえが貯えておくことだ」

「………」

「おれが万が一、命を落とすようなことがあったときに、おまえが先行き暮らしていくためにも、大事にとっておくがいい」

「いや、そのような……」

篠は腕を平蔵のうなじに巻きつけてせりあがってきた。

「平蔵さまにもしものことがあるなどと、考えとうはありませぬ」

「おい、おい……」

ひたとすりよせてきた篠の肌身から甘い芳香が漂ってきた。

去年までの篠はどちらかというと、細身の躰だったが、この一年、日を追うごとにみっしりと脂《あぶら》がのってきた。

背中の貝殻骨《かいがらぼね》にも脂がついて丸みを帯びてきている。

家事の合間に野良仕事までしてのけているにもかかわらず、篠の肌身はどこに骨があるのかわからないほど柔らかで、掌《てのひら》に吸いついてくるようだ。

篠は三十路《みそじ》を迎え、今が女の盛りであった。

襟《えり》ぐりから手をさしいれ、鎖骨《さこつ》の下からもりあがる乳房をつかみとった。

女体のなかで乳房ほど男のこころをなごませるものはない。

ことに母の記憶がない平蔵にとっては、たとえようもなく柔らかで、鞠《まり》のような弾力にみちみちた女の乳房はかぎりない豊穣《ほうじょう》と安らぎをもたらす、ほかにかけがえのないもののような気がする。

平蔵の掌に乳房をあずけたまま、篠の息づかいがしだいにせわしなくなってきた。朝顔模様の寝衣の裾《すそ》が割れて、白い太腿が薄闇のなかに淡い陰影をつくっている。夜風が簾障子《しょうじ》を通して涼しく流れこんでくる。

晩夏《おそなつ》の夜はなまじ寝衣などつけないほうがいい。

三

その日、平蔵は昼過ぎに団子坂をおりて谷中天王寺門前の茶屋町に向かった。

昼前に斧田同心の小者が文《ふみ》をもってやってきた。

猪口仲蔵の人相書きを引き受けてくれた浮世絵師の菱川寿喜麿は茶屋町に住んでいるという。

寿喜麿の本名は川窪征次郎《かわくぼせいじろう》といって、禄八十石の直参《じきさん》の跡継ぎだったそうだが、跡目を次男に譲って絵師の道をえらんだというだけあって、ごく気さくな人柄だった。

「どうか気楽にしてください。いや、なにせ、八丁堀に頼まれると、こっちも稼業柄、嫌とはいえませんからな」

うながされるまま画室にあがりこんでみると、「桔梗や」のお糸が先に来ていて、お糸から人相を訊《き》きながら、征次郎はさらさらと筆を走らせているところだった。

「神谷どのは坂上で医者をなさっているそうですが、これを機会にひとつ、ご昵懇《じっこん》に願いたいですな」

　征次郎は苦笑した。

「こういう浮き草稼業をしていると金払いが悪いと見られるらしく、医者から敬遠されましてね」

　しゃべりつつも、紙のうえにたちまち仲蔵の似顔絵が描きだされていく。

「ふうむ。さすがに絵師だけあってうまいものだな……」

　のぞきこんで平蔵は思わず感嘆した。

「眉目《まゆめ》はこんなものですか……」

　征次郎に尋《たず》ねられて、お糸は自信なげに小首をかしげた。

「え、ええ……でも、わたしは、その浪人よりも顔の四角い男のほうしか、よく見ていなかったものですから」

　お糸にすれば自分を犯しにかかっている角顔の浪人しか、ほとんど目にはいってはいなかっただろう。

「鼻や、顎《あご》の感じはどうです？」

　征次郎が平蔵に目を向けてきた。

「うむ。顎先がしゃくれていて、鼻はいかつい鷲《わし》っぱなだったのはたしかだが、眉毛がもうすこし太く、目尻は、いますこしさがっていたような気がしたな」

「ふむ……で、頬骨はどうでしたか」

「さよう。頬骨は高く、それに耳朶《みみたぶ》がおおきかったような気がする」

「ほう……なるほど、なるほど、こんなものですかな」

「ううむ。よく似てきたが、いま、すこし唇の厚い男だったと思うが」

「ほほう。とっさにそれだけのことを見てとるというのは、よほどに肝《きも》が据わっておられるんでしょうな。たしか、神谷さんは剣術の達人だと、斧田さんから聞いていますよ」

「いやいや、達人などと、とんでもない。若いころに少しかじっただけですよ」

「いいえ。この御方がきてくださらなかったら、わたし……いまごろ、どうなっていたかわかりません」

お糸は畏敬《いけい》の眼差しを平蔵に向けると、ふっと頬を染めて羞じらった。

「ははは、お糸さんはどうやら神谷さんにホの字らしいが、このおひとはあきらめたがいいぞ。どうやら恋女房と所帯をもたれてホヤホヤのところだと同心がいっておりましたからな」

「あら、そんな……」

お糸は真っ赤になって袂《たもと》で顔を隠した。

「困ったことがあったら、いつでも来るがいい。なんでも相談にのってやる」

平蔵が声をかけると、お糸は神妙にうなずいた。

「江戸は油断のならんところだからな。この前のように人気のないところでは気をつけたほうがいいぞ」

「そうそう、根津の権現さまより、神谷さんのほうがずんと頼りになる」

「ま……」

その間に征次郎はさらさらと、猪口仲蔵の似顔絵を描きあげていった。

平蔵はそっくりだと思ったが、征次郎は人の顔というのは、そう簡単なものではない、これをもって帰って、しばらくしたら、ここは違うというところが出てくるはずだという。

一日か二日したら、もう一度来ていただきたいというので、お糸とともに征次郎の寓居《ぐうきょ》を辞して表に出た。

門前町のほうに歩きだしかけたとき、以前、亭主といっしょに平蔵のところに房事の悩みごとの相談にきたおふさという女房が小走りにやってきた。

「あら、せんせい……」

「おう、あんたか。亭主の竿《さお》の具合はどうだ。しゃきっとしてきたか」

「あら、竿だなんて……いやな先生」

いい年をして腰をくねらせながら、ちらっとお糸に目を走らせると、平蔵の腕をぎゅっとつねった。

「ちょいと、いけませんよ、せんせい。あんな綺麗なご新造《しんぞ》さんがいらっしゃるのに浮気なんかしちゃ……」

「おい、勘違いするな。今日はここにお住まいの絵描きの先生に筆をふるってもらうために来ただけだ」

「あら……」

「ま、そのぶんなら亭主とはよろしくやっておるようだな」

「え、はい。もう、おかげさまで……」

おふさは照れながら袂の陰でささやいた。

「また、あの、お薬いただけますか」

おふさのいう薬とは小川笙船直伝の連銭草《れんせんそう》を焼酎《しょうちゅう》に漬け込んだ薬酒で、別名をカキドオシと呼ばれているほど強精に卓効のある秘薬である。

亭主の幸助《こうすけ》とおふさは房事が過ぎて、亭主が中折れになったと泣きついてきたので出してやったものだが、若い者には不用の薬酒である。

「あれはやたらと飲むもんじゃない。度を越すと亭主がお陀仏《だぶつ》になりかねんぞ」

「あら、いやだ……」

「いいか、夫婦仲がよいのはいいが、すこしは控えることだな」

一本、釘をさしておいて、

「そう言えば、あんたは川窪先生の通い女中をしていたんじゃなかったのか」

「ええ。いま、せんせいに頼まれた用を足してきた帰りですよ」

「ならいいが、あの薬酒のことは無闇と人にしゃべるなよ」

「わかってますよう」

「どうだか怪しいものだな」

ちょっと睨《にら》みつけておいて、お糸をうながすと坂下のほうに向かった。

「あの方、どこか躰の具合でも悪かったんですの……」

お糸が小首をかしげて尋ねた。

「なぁに、夫婦仲がよすぎる病いだよ」

「え？……」

あの夫婦の寝間の悩みごとなど、お糸のような娘は、まだ、わからなくていい。

四

翌朝、縁側で川窪征次郎の描いた猪口仲蔵の人相書きを眺めていると、洗濯物を干していた篠が手をやすめてのぞきこんできた。

「ほんと、見れば見るほど気味の悪い人相をした浪人ですわね」

「うむ。ただ、もうすこし顎のエラが張っていたような気がする。それにいくらか出額だったような気がしたな」

「ま、それじゃ、よけいに人相が悪くなりますわ」

「人の顔というのはむつかしいものらしいが、この絵師はいい腕をしている。ひとつ、おまえも描いてもらったらどうだ。評判になって患者がわんさと来るようになるかも知れんぞ」

「なに、おっしゃってるんですか」

篠はさっさと洗濯物を干しにもどった。

そのとき患者らしい女の訪《おとな》う声がした。

女の名は千枝《ちえ》、駒込片町《かたまち》の旗本の妻だったが、一昨年、夫を亡くし、八歳になる長男が跡を継いでいるという。

まだ二十六歳、生家の両親は家に戻ってきて再婚しろとすすめているが、子が気になってそんな気にはなれないと婚家にとどまっているらしい。

冬になると腰から足にかけて痛みが出て、夜は眠れないこともあるという。

「もうすぐ寒くなると思うと、心配になってたまりませぬ」

いまも朝方は痛みがあるらしい。

帯を解いて下着だけで俯《うつぶ》せにさせた。

くびれた腰のすぐ下の腎兪《じんゆ》のツボを何度か指圧し、太腿のふくらみの下の承扶《しょうふ》、膝の裏の委中《いちゅう》、そして委中と承扶のあいだの殷門《いんもん》のツボをそれぞれ十数回、繰り返し親指で指圧してやった。

千枝はときどき呻《うめ》いたが、痛いのではなく躰がとろけるほど心地よいのだといった。

「そなたのは座骨経絡《けいらく》の病いだな。梅雨《つゆ》どきや冬に痛みがでるだろう」

「はい……」

「人の躰というのは骨と皮と管と袋でできているようなもので、そのどこかの具合が悪くなると病いになるんだが、経絡というのはとらえどころのない始末に悪いものでな」

「え、ええ……」

「だからといって、そう案じることはない。痛みは辛《つら》いだろうが、命にかかわることはないから、そう案じられるな」

そうはいっても千枝は不安そうに小首をかしげている。

「躰が冷えぬように痛みが出てくるまえに風呂で腰をよく温めることだ。鍼《はり》が一番効くと思うが、近くに鍼医者はいないのか」

「さぁ……」

「指圧すればすこしは楽になるだろう」

「はい……それは、もう」

「筋肉の凝《こ》りがとれて血のめぐりがよくなったからだよ。辛くなったら、いつでも遠慮なくこられるがよい」

「ありがとうございます」

来たときは暗かった千枝の顔つきに明るさが出てきた。

経絡の病いに卓効がある独活《どっかつ》の乾燥根を渡し、風呂を沸かす前から水に浸しておいて入浴するようにすすめた。

独活はウドという名で食べられているし、ところによってはオオカミ草とも、セリウドとも呼ばれている。

芹《せり》に似た香りの強い山菜だが、匂いを好んで食べるものも結構いる。

古来から独活は経絡の病いや冷え症に、また煎《せん》じて飲めば解熱や鎮痛にも効能がある薬草である。千枝は何度も礼をいって帰っていったが、そのあとはパタリと患者が途絶えた。

篠が坂下まで買い物に行くというので、いっしょに出かけて川窪征次郎の寓居に行くことにした。

いっしょに川窪宅に行ってもいいんだぞといってみたが、秘戯画を描く絵師の仕事場は腰がひけるらしく、買い物がすんだら馴染《なじ》みの茶店で待っているという。

臥所《ふしど》ではどんな大胆な姿態でも見せるのに秘戯画は見たくないらしい。

五

征次郎の寓居にいってみると、おどろいたことに征次郎は絵筆を手に、浴衣《ゆかた》姿で団扇を片手に立て膝をついた、しどけない格好の女を写生しているところだった。

しかも、女は征次郎のところへ通い女中をしているといっていたおふさだった。立て膝になった浴衣の裾前が、しどけなく崩れ、赤い湯文字《ゆもじ》のあいだから内股がちらついている。

「あら、団子坂のせんせい……」

おふさは照れたように笑いかけ、乱れた湯文字の裾を合わせようとしたが、川窪征次郎はこともなげに笑い捨てた。

「よせよせ、おふさ。いまさら隠したところではじまるまいよ」

「ふふ、そうよねぇ……」

おふさは度胸よく湯文字から白い内股をちらつかせた。

診察にきたときとはまるで違う女の一面を見せている。どうやら、女は百化けする生き物のようだ。

「お医者のせんせいなら女の躰なんてめずらしくもないわよね」

通い女中というのは表向きの口実で、川窪征次郎の絵の見本になるのが、おふさの仕事らしい。平蔵、にが笑いして征次郎が描きかけの絵に目を向けた。

「ほう、なかなか婀娜《あだ》っぽいじゃないか」

「そうお……」

平蔵は征次郎の繊細な筆遣《ふでづか》いに感心したのだが、おふさは自分の躰を褒《ほ》められたとでも思ったらしく、まんざらでもないようすである。

「亭主は承知のうえなのか」

「知ってますよう」

おふさは口を尖《とが》らせた。

「だって、うちのひと、わたしがせんせいのお屋敷で女中をしていたとき、しつこく、わたしを口説《くど》いたんですもの」

おふさはくくっと笑った。

「ほんというと、せんせいが描いた絵のわたしを見て一目《ひとめ》惚《ぼ》れしたんですけどね」

「ふうむ。あんたは川窪どのの屋敷に奉公していたのかね」

「そういうこと……」

征次郎が絵筆を走らせながら苦笑した。

「ふふ、なにせ、そのころは女を描きたくても貧乏御家人《ごけにん》の倅《せがれ》じゃ、ころび芸者はおろか、岡場所の売女を買うのもままにならないありさまでしたからな」

「よくわかりますよ。わたしも部屋住みの次男坊でしたからね」

平蔵も若いころは岡場所の女を買う小銭をひねりだすために苦労したものだ。

禄高八十石の川窪家なら絵筆一本、絵の具一皿買うのも骨だったにちがいない。

長屋住まいの者でも病気や怪我をすれば暮らしの銭をつめても医者のところに治療にくるが、わざわざ銭をだして絵を買う者はめったにいないだろう。

絵師で食うのは医者になるより難しいにちがいないと思った。

「その絵は版元からの注文ですか」

「いや、亡くなった師匠の師宣《もろのぶ》の絵ならともかく、わたしの名じゃ、こんな絵は売れやしません」

「ほう、菱川師宣が川窪どのの師匠だったんですか」

菱川師宣といえば絵とは縁もゆかりもない平蔵も名前はよく知っている。

元禄《げんろく》のころ一世を風靡《ふうび》した浮世絵の大家で俳句にも──菱川やうの吾妻俤──

と俳人の嵐雪《らんせつ》が一句を残したほどの絵師だ。

「なに、師匠が晩年のころ、末席を汚していただけの不肖《ふしょう》の弟子ですよ」

「そんなに謙遜《けんそん》なさることはないでしょう。その絵も、なかなか色気のある絵だと思いますがね」

「ま、おふさが吉原《なか》でも評判の花魁《おいらん》だったら版元が飛びついてくるでしょうが、ただの女の絵というだけじゃね」

「あら、ただの女で悪うございましたね」

おふさが口を尖らせた。

「いいんだよ。おまえには花魁や芸者にはない、素人女《しろうとおんな》の色気があるからな」

「川窪どののいうとおりだよ」

平蔵もおおきくうなずいた。

「花魁なんぞというのは着飾った人形みたいなものだ。おれはありのままのおふさのほうがずんといいと思うぞ」

「ま、うれしいこといってくれるわね。せんせい」

おふさがうれしそうにはしゃいだ。

「おふさ。今度は横になって昼寝でもしているような気楽な格好になってみてくれ」

征次郎は筆を口にくわえ、新しい紙をひろげながら注文をつけた。

「ただ、おねんねしてるだけでいいんですか」

おふさは蓮《はす》っ葉《ぱ》に笑ってみせた。

「ああ、ついでに昼寝してもいいぞ」

「ねぇ、お医者のせんせい、いっしょに添い寝してくれません」

「やめとこう。あんたの亭主の二の舞になりたくないからな」

「ふふっ……」

おふさは征次郎にいわれるままに団扇を手にした放恣《ほうし》な姿態で横臥《おうが》した。

征次郎は絵筆をくわえたまま、おふさのそばに片膝つくと、浴衣の襟をすこしひろげて乳房のふくらみをすこしのぞかせ、ついでに袖口《そでぐち》を二の腕までたくしあげた。

顔の位置、横になった膝も気ままに投げ出したような姿勢にあらためさせた。

赤い湯文字の裾をすこしひらいた婀娜っぽい姿にさせると、紙の前にひざまずいて筆を走らせだした。

黒い線描だけだったが、それほどの美人でもないおふさが、面差しは似ているものの、横臥した風情といい、うなじや手足、腰のあたりなどは、なんとも艶冶《えんや》な女に変貌して描きだされていく……。

「ふうむ……」

平蔵は思わず感嘆の声を発した。

「あなたは女を描かせたら鳥居清信《とりいきよのぶ》よりうまいような気がする」

「え……」

征次郎は筆の手を止め、まじまじと平蔵を見返した。

「いくらなんでも、それは……」

「いや、わたしは素人ですから絵の巧拙はわかりませんが、医者だけに人の躰のありようはよく見ていますからね」

「ほう、躰のありようですか……」

「獣とちがって人というのは顔の目鼻から手足、躰つきなどは千差万別……だから、おもしろいし、むつかしい」

「なるほど……」

「わたしも昔の春画は、若いころ屋敷の蔵で何度も見ましたがね。腹や太腿は皮袋に水をいれたようにふくらんでいるし、顔や目つきにも色事をしている女の色気というものをまるで感じなかった」

「まるで男と女が相撲《すもう》でもとっているような絵だったでしょう」

「そうですな。とにかく、どの女も胎《はら》み女のような躰をしていて色気もなにもなかったような気がしましたね」

「ははは、ま、あのころは国とり合戦でひとのこころが殺伐《さつばつ》としていましたから、こころをなごませてくれるような、ぽってりとよく肥えた女が好まれたんだと思いますよ」

征次郎は筆をおくと部屋の隅にある箪笥《たんす》から数枚の肉筆画をとりだして平蔵に見せた。

「これは名前はわかりませんが桃山《ももやま》のころの土佐《とさ》派《は》の絵師の筆ですがね。どの女もまるまるとよく肥えているでしょう」

「それに、どの女も色事のさなかだというのにまじまじと目をあけているのがなんとも奇妙ですよ」

「ふふふ、このころの絵師は屏風《びょうぶ》や襖《ふすま》に山水や草花を描くことが多くて、人を描くことは少なかったんでしょう。せいぜい描いても武将の甲冑《かっちゅう》姿ぐらいのものでしょう」

「なるほど、ふつうの女の絵などは描いても買う者がいなかったんでしょうな」

「それに、おそらく安土《あづち》桃山のころは豊頬《ほうきょう》で豊満な女がもてはやされたんだと思いますよ。おそらく、お市《いち》の方や、娘の淀君《よどぎみ》などもそういう、ふくよかな躰をした女だったんじゃないかな」

平蔵は描きかけの征次郎のおふさの絵に目を向けた。

「それにひきかえ、あなたがお描きになっているおふさは浴衣を着ていても、なんともいえない色気がある」

「ほう……」

「あなたの絵は、いつか、きっと売れるようになると思いますよ」

「これはかたじけない。神谷どのにどこぞで一献《いっこん》さしあげんともうしわけありませんな」

征次郎は照れたように乾いた声で笑ってみせた。

「わたしはね。春画も描きますが、どちらかというと、どこにでもいるようなおなごが、こういうふうに、くつろいでいる姿を描きたいと思っているんですよ」

「それはいい。ごてごて着飾った玄人女《くろうとおんな》のとりすました絵なんぞおもしろくも、おかしくもない」

「ほう、どうやら同好の士にめぐりあったようですね」

川窪征次郎はうれしげに目を細めた。

おそらく征次郎は枕絵で生計《たつき》をたてているものの、絵師として腕をふるいたいことがいろいろあるにちがいない。

「わたしも、そのうちおふさの艶《あだ》っぽい裸を描いてみたいと思っているんですがね。湯浴《ゆあ》みをしているところとか、夕立にあって裾をからげて雨宿りしている図とか……ま、おふさでなくてもいいんですがね」

「あら、せんせい。一両もだしてくだされればどんな格好だってしてみせますよう」

「こいつ、わしの貧乏を見越してふっかけてきやがる」

征次郎は口をひんまげてホロ苦い笑みをうかべた。

「よしよし、そのうち一両どころか十両でも二十両でもひねりだして、師匠や鳥居清信も裸足で逃げ出すような艶っぽい女を描いてやるさ」

「ふふ、でも、きっと無理よね」

「ま、そのころはおまえのほうが乳や尻の肉もたるんじまってるだろうさ」

「ま、いやな……」

おふさはプッと口を尖らせた。

「よし、今日はもう帰っていいぞ」

「だったら、ついでにお昼の支度をしていってあげましょうか」

「いや、神谷どのと用談があるゆえ、飯の支度はいらん」

征次郎は巾着《きんちゃく》から二朱銀をだすと、おふさにあたえて帰してやった。

どうやら、二朱銀が絵の手伝いをした代金らしい。

二朱銀は八百文である。女の半日の内職としてはちょっとした稼ぎになるだろう。

「おふさは相模の生まれでしてね。母親は姉夫婦と暮らしてるんですが水呑み百姓で食うのがやっとらしい。それで、わたしが女を描くときに使ってやってるんですよ」

亭主の幸助は蒔絵師《まきえし》で給金も安くて、とても仕送りなどできないらしい。

「金さえやればなんでもするというんですが、まさか枕絵の女に使うわけにもいかないし、とはいっても、いろんな女の姿態を描くにはほんものの女を見て描くのがなによりですからね」

「…………」

「顔や躰つきはなんとかなりますが、身ひとつになった女の手や指、足の線はひとつまちがえれば出来損ないの人形みたいになってしまいます。いまのところおふさがいてくれるんで助かっていますがね」

「なるほど、それで、おふさは一両欲しいというわけですか」

「ふふ、ま、そういうことですよ」

――一両もらえればどんな格好にだってなる、か……。

世の中には亭主に隠れて浮気する女房がいくらでもいるし、金のためなら平気で枕絵を描かせる女もいる。

一両もらえれば裸にでもなると啖呵《たんか》をきってみせた、おふさという女をふしだらだとは微塵《みじん》も思わなかった。

――おそらく女はいざとなると、どんなことでもしてのける強靱《きょうじん》さがあるのだろう。

だからこそ、腹に十月十日も胎児を抱いて、平気で家事をこなし、何人も子供を育て、亭主の尻をたたいて稼がせる。

亭主の稼ぎがすくなければ、内職をしてでもやりくりするほど根性が据わっている。

――女にくらべると……、

男などと威張ってはいても、ひとつの仕事をこなすのに精一杯で、とてもほかのことまで気がまわらない不器用な生き物だ。

かつて長屋で一人暮らしをしたことがある平蔵には、そのことが胴身にしみている。

なかでも侍ほど始末に悪いものはない。

腰の刀をとりあげられたら、おそらく途方に暮れて茫然自失《ぼうぜんじしつ》する者がほとんどだ。

――だから猪口仲蔵のような悪党どもがのさばるのだろう。

それにしても、川窪征次郎はおふさの放恣な昼寝姿を線描だけであますところなく描ききっている。

その筆遣いの繊細さに感嘆した。

六

猪口仲蔵の人相書きは平蔵が気のついたところを川窪征次郎が的確に直してくれたおかげで見事な出来映えに仕上がった。

これを版木彫りの職人のところに届ければ、日を置かずして木版刷りになってくるらしい。

夕飯はどうするのかと尋ねたら、三崎町に［水無月《みなづき》］という行きつけの小料理屋があるので、そこで一杯やってから飯もついでに食って帰るのだという。

水無月とは洒落《しやれ》た店名ですなといったら、いっしょにどうですと誘われた。

川窪征次郎に好意を感じはじめていた平蔵はよろこんでつきあいたいが、坂下町の茶店に妻を待たしているのだといったら、枕絵師じゃ、ご新造に敬遠されますかなとホロ苦い笑みをうかべた。

「なんの、女房はそんな無粋《ぶすい》な女じゃない。呼びにいってくるから先にいって待っていてくださらんか」

そういうと、征次郎は満面に喜色をうかべた。おそらく絵師というのは一人仕事だけに人恋しいところがあるのだろう。

医者も似たような仕事で、患者は診察し治療するだけの間柄で酒の相手にはならない。

病人や怪我人ばかり相手にしていると、ときおり気が滅入ってくる。

まだしも川窪征次郎のほうが、おふさのような気楽な女を相手にしているだけましなのかも知れない。

「水無月」は三崎町の路地にひっそりと暖簾《のれん》をだしている間口一間半の小店《こだな》だった。

店の前で征次郎と一旦別れて、坂下町の茶店にいってみると、篠は女中にまじって紅紐《べにひも》の襷《たすき》がけで店を手伝っていた。

平蔵の姿を見るなり、うれしそうに襷をはずし、飛びたつように下駄《げた》をつっかけて駆けだしてきた。

「あらまぁ、旦那さまの顔を見ただけであれだものねぇ」

「ほんと、うらやましいっちゃありゃしないわよ」

篠は女中たちの冷やかす声を背中にうけて小走りに駆け寄ってきた。

川窪征次郎といっしょにおれたちも飯を食う約束をしたというと、篠はわたしがついていっていいんですかと目を丸くした。

「バカ。武家じゃあるまいし、夫婦がどこでいっしょに飯を食おうが勝手だろう」

「ま、うれしい……」

篠は傍目《はため》がなければ首っ玉にでもしがみついてきかねないようすだった。

ついでに征次郎が菱川師宣の弟子だったといってやると、目を瞠《みは》った。

「あら、菱川師宣といったら、あの、見返り美人を描いた絵師でしょう」

「ほう、よく知っているな」

「英《はなぶさ》一蝶《いっちょう》の浮世絵だって見たことがありますよ」

「川窪さんの絵は一蝶にも劣らんよ。ただ名前が売れていないだけだ」

「でも、この前のような……」

「ああ、あれか。春画ぐらい菱川師宣も描いたし、一蝶もせっせと描いている。食うためもあるが、ひとを描くのは花や景色を描くよりずっとむつかしいものだからな。絵師の腕を磨くにはいい勉強になるんだろう」

「そうなんですか……」

篠もどうやら川窪征次郎を見直したようすだった。

七

征次郎は気をきかせて「水無月」でも上客用の奥の客間をとっておいてくれた。平蔵が篠を連れて部屋にはいっていくと征次郎は、ほう、これはこれは……と目を見ひらいて見迎えた。

「神谷どののご新造は一枚絵にしたいほどの美人ですな」

まじまじと見つめられ、篠は羞じらって身をすくめた。

「いや、そう煽《おだ》てんでください。おなごは褒められると図にのりますからね」

「いやいや、素顔でこれだけ綺麗なおひとはそうはいませんよ。それも花なら、まだ七分咲き、いや、六分咲きというところかな」

　征次郎は真顔でうなずいた。

「ご新造なら一両どころか十両だしても描かせてもらいたいところですよ」

「おい。おれが医者をやっているより、おまえを貸し出すほうが儲《もう》かりそうだぞ」

「もう、なに、おっしゃるんですか……」

「ふふふ、おれが死んでも川窪さんが引き取ってくれそうだな」

　からかっているところに女将《おかみ》の蕗《ふき》という女が挨拶にきた。

　三十路を過ぎているようだが、物腰に品のある瓜実顔《うりざねがお》のなかなかの美人だった。

　平蔵が坂上で医者をしていると知って、冷え性にはどんな薬が効きますかと聞かれ、マタタビの皮や葉を干したものを煎じて毎日、お茶がわりに飲むことをすすめてやった。

　早速、ためしてみますと蕗がいうと、征次郎が「診察代のかわりに今夜の勘定をまけておけよ」と茶々をいれた。

「わかっていますよ」

ポンと帯をたたいて征次郎に流し目をくれた蕗の仕草になんともいえない色気がある。

どうやら蕗は征次郎といい仲のようだ。

水無月は天麩羅《てんぷら》と押し鮨《ずし》がうまいと征次郎がいったとおり、芝海老《しばえび》と貝柱の天麩羅が、外で飯を食うことがめったにないお篠には初物だったらしい。

「天麩羅というのはこんなにおいしいものなんですね」

目を輝かせて喜んだ。

「これは油で揚げるものだから、家ではなかなか食べられんでしょう。ここは一度使った油は使わないから胸にもたれない。うんと食べてください」

征次郎にすすめられて、篠はおかわりを頼んだ。

揚げたての天麩羅は衣《ころも》がカリッとしていて、歯ざわりもいい。

「こんなところで飯を食っていたら、殿様なんぞ気の毒みたいなものですな」

「そうですよ。御舌役が何人も毒味したあとの料理を出されたところで、汁物は冷めているし、鯛《たい》の刺身や塩焼きだってうまくはないでしょう」

「おまけに大奥じゃ寝所に御耳役《おみみやく》の中﨟《ちゅうろう》がお添寝役《そいね》で張りついているというから、

上様もうんざりだろうな」

　ふたりで歓談していると、篠が聞き耳を立てた。

「おまえさま、おみみ役ってどんなお役目ですの」

「ン？」

「ふふ、ご新造。読んで字のごとしですよ」

「では、耳掃除のことですか」

「え、いや、ま、あとで神谷どのに聞いてごらんになることですな」

　天麩羅のあとの押し鮨も酢がほどよくきいていて、いくらでも口にはいる。

　平蔵は小鰭《こはだ》と鱚《きす》が気にいったが、篠は蛸《たこ》と蛤がおいしいといって、おかわりした。

「ここの女将も蛸と蛤が好物だそうですよ」

　征次郎が平蔵を見て、片目をつむって見せた。

「ふふ、おなごが蛤と蛸が好きとは、なにやら共食いみたいですな」

「ふふふ、いかにも……」

　篠にはなんのことやらわからないらしく、蛤の鮨に舌鼓《したつづみ》をうっていた。

八

征次郎とすっかり意気投合して、ようやく帰宅したのは五つ（八時）ごろだった。

篠が風呂を焚《た》きつけているあいだに、平蔵は縁側で団扇を使いながら、征次郎に腑《ふ》分《わ》けの絵図面を入手する伝手《つて》がないか聞いてみたいと考えていた。

腑分け図は平蔵が医師として尊敬している小川笙船もかねてから喉から手が出るほど欲しがっている。

――やはり、長崎か……。

かつて長崎に留学していたのに、そのころは遊ぶのに忙しくて頭にもなかった。

篠がお茶を運んでくると、小首をかしげて尋ねた。

「おまえさま、さっきの御耳役というのはどういうお役目なんですの」

篠は武家の女にしてはめずらしく、思ったことを腹にためておけない性分である。

総じて武家の女というのは口数がすくないほうがよしとされるが、篠は控えめだが思ったことは口にするタチである。

武家の女が思うことを口にしないのは子供のころから腹に閉じこめておくように躾《しつけ》されているからだろう。

――そういうのはすっきりせん。

男であろうと、女であろうと、口と腹がちがっていると、いつか、どこかでぎくしゃくしてくる。なんでも聞きたがる篠は平蔵の性分にあっている。

「そうさな。つまりは上様が側室と臥所をともにされるとき、お添寝役の中﨟が側室がどんなことを上様にしゃべるかを聞いているのが役目だよ」

「ま、嫌なお役目ですね」

「まぁ、早い話が側室が上様につまらん告げ口や、自分の身内を引き立ててもらうようにねだったりせんように監視する役だと思えばいい」

「その、お添寝の中﨟はおふたりの臥所のお側にずっとついているんですか」

「そうよ、寝ずの番ともいうからな」

「ま……」

篠は目を瞠った。

「その、お添寝役はどんな方がお務めになるんですの」

「そうさな。おれもくわしくは知らんが、大奥に奉公する女のなかでも上様のお側に仕えることのできる女は御目見得《おめみえ》といってな。その御目見得のおなごのなかで上様の御目にとまった女だけが、上様と臥所をともにすることができる仕組みになっている」

「ずいぶん面倒なんですね」

「ふふ、そりゃそうよ。おれのように風呂あがりのおまえを狙って奪うというような乱暴なことはできん」

「ま……」

去年の夏の一夜の秘め事を思い出したのだろう、篠は肩を竦《すく》めて忍び笑いした。

「何人もいる中臈のなかでもうまく上様の御子を身籠もることができた女は御部屋さまと呼ばれる側室になれるが、子を産むことができないときは三十路過ぎると御褥御免《おしとねごめん》を申し渡される。つまりは御役御免というわけだ」

「お褥御免……ですか」

「ああ、もう上様とは臥所をともにしないということだ」

「三十路といえば、まだお若いのに、そのような……」

「そうよ。三十路といえば女盛りだというのに殺生《せっしょう》な仕打ちだな」

「だったら宿さがりして、気楽な身になればよろしいのに」

「そうはいかんさ。上様のお相手をした女をほかの男と懇《ねんご》ろにならせるわけにはいかんということだろう」

「じゃ、ずっと大奥に残るのですか」

「ああ、そういう一生奉公の中臈が耳役になってお添寝を務めるらしいぞ」

「じゃ、それまで可愛がっていただいた上様が、ほかのおなごを可愛がっていらっしゃる側ですごすのですか」

「ま、そういうことになるな」

「そのようなむごいこと、だれがおきめになったのです」

「春日局《かすがのつぼね》というおなごよ。おまえも名前ぐらい聞いたことがあるだろう」

「ええ……たしか、三代さまの乳母《うば》をなさっていた方でしょう」

「ああ、あの婆さんだよ」

「まぁ、婆さんだなんて……」

「なに、あの春日局というのは大変な婆さんよ。なにしろ大老も逆らえないほどの権力者で、いまの大奥御法度《ごはっと》をつくった張本人らしい」

　平蔵は腕をのばして、篠の肩をぐいと抱きよせた。

「伝八郎などはその大奥にはいって、めぼしい女を見つけちゃ、せっせと種まきしたいらしいぞ。しかし、育代どのはまだまだ水っ気たっぷりだからな。……ま、頭から水ぶっかけられるぐらいじゃすまんだろう。おおかた竹箒《たけぼうき》で追いかけまわされるのがオチだ」

「ま、ひどい……」

篠は忍び笑いして、平蔵の肩に頰をうずめてきた。

「でも、おなごが殿方の浮気にいちいち悋気《りんき》していては身がもたないといいますから……」

「ン……」

「母からよく聞かされましたわ。男が外でする浮気は立ち小便とおなじで知らぬが仏、気に病むことはないなんて……」

そう、つぶやいてから、あら、いやだと平蔵の胸に頰を埋めてきた。

「ほう。男の浮気は、立ち小便みたいなものか……」

平蔵は思わず唸《うな》った。

「ま、言い得て妙とはいうものの、娘にそんなことがいえる母親はめったにおらぬぞ」

「え、ええ……わたくしも、そのときはなんということをいう母だろうとおどろきましたもの」

「おまえの父上は浮気などしそうにないようなおひとのように見えるが」

「ええ、それは、もう……父は若いときからご奉公一筋の堅いおひとでしたわ」

「そうだろうな……」

篠の父親の日焼けした無骨な風貌を思いうかべた。

「でも、人は見かけによらぬともうしますもの。父もわかりませんわ」

篠はクスッと忍び笑いした。

「きっと母はわたくしが嫁《とつ》いでからのことを案じて釘をさしたのだと思います」

「なるほど嫁いでからの心得ということか……それにしても、そんなことを母者《ははじゃ》からいわれたのはいくつのときだったんだ」

「さぁ、わたくしが十二か、十三のころだったと思います。……母が亡くなるすこし前でしたもの」

篠はつぶやくようにいった。

「わたしに針仕事を教えてくれたときも、おなごも一人で食べていけるようにならなくてはいけないと、それは厳しくて……よく、針仕事をしているときも、物差しで手をたたかれましたもの」

「ふうむ……おまえの母者はたいしたおなごだ。春日局もかなわぬおひとだな」

平蔵は腕をのばして篠の腰をすくいあげ、あぐらのなかに抱えこんだ。

「あの、お風呂が……」

その口を吸いつけて黙らせると、胸に手をのばし、乳房のふくらみを探った。

やはり絵の女は絵のなかだけの女で、生身の女にはかなわない。

月明かりのなかで、夜風が涼しげな秋の気配を運んできた。

第六章　牛若《うしわか》の半次郎

一

向島《むこうじま》は隅田川《すみだがわ》と本所の北を流れる源森川《げんもりがわ》に挟まれた一帯である。

業平橋《なりひらばし》の東側にある小梅村《こうめむら》の南端で、わずかに本所とつながってはいるものの、あとは橋を渡るか、舟を使うしかない辺鄙《へんぴ》な場所でもある。

東西南北に用水路が走っていて、田畑が多い田園地帯でもあった。

神社仏閣があちこちに点在し、春には桜や梅の花見見物で賑《にぎ》わうが、ふだんは百姓の姿がちらほら見えるだけの閑静な土地である。

それを好んで別邸を建てる大身《たいしん》旗本もいるし、妾宅《しょうたく》を構える裕福な商人もいる。

――その日。

娘が二人、隅田川沿いの葉桜の並木道を長命寺《ちょうめいじ》から白鬚神社《しらひげじんじゃ》の前を通り、木母《もくぼ》寺《じ》のほうに向かっていた。

ひとりは本所松井町《まついちょう》の［八百松《やおまつ》］の娘でおきみ、もうひとりは隣の足袋屋《たびや》の娘でおやえという、おなじ年の十八歳、子供のころから何処《どこ》に遊びに行くのもいっしょだった。

木母寺には浄瑠璃《じょうるり》にもなっている「梅若伝説」で名高い梅若塚がある。人買いに誘拐された公家《くげ》の子の梅若丸が木母寺のあたりで病死したという悲劇の伝説にちなんだものだが、おきみはこの手の悲劇が好きだった。

そこで、梅若塚を見ようとおやえを誘ったのだ。

おきみが面長《おもなが》、おやえが丸顔と顔立ちにちがいはあったが、どっちも界隈《かいわい》では評判の器量よしだった。

着物の柄《がら》もふたりで相談してきめることにしていて、この日、おきみは卍《まんじ》つなぎの柄の単衣物《ひとえもの》、おやえは青海波《せいがいは》の単衣物、帯はふたりとも流行《はやり》の吉弥結《きちやむす》びに締めていた。

おやえはひそかに好いている新吉《しんきち》という大工の見習いが近くにいる。

いっぽう、おきみのほうは本所界隈の若者などには見向きもせず、嫁に行くなら川向こうの大店《おおだな》か、できれば武家の跡取りがいいと高望みをしていた。

「おやえちゃん、女はどこに嫁にいくかで一生がきまるのよ」

おきみは途中で摘みとった百合《ゆり》を手に高飛車《たかびしゃ》にきめつけた。

「そりゃ新ちゃんは気《き》っ風《ぷ》もいいし、いい男よ」

「そうでもないけど、新ちゃんは仕事も真面目で覚えもいいって親方も目をかけてくれているそうよ」

「でも、一人前の大工になるには十年はかかるわよ。いっしょになったところで苦労するのは目に見えてるじゃない」

「そりゃ、そうだけど……」

おやえはふんぎり悪く、ためらっている。

「あたしは長屋住まいの職人の女房になるなんてまっぴらだわ」

おきみはぴしりときめつけた。

「赤ちゃんおんぶして、井戸端でおむつ洗って、ご飯炊《た》いて、いつ帰ってくるかわかりゃしない亭主を待ってるうちに年とっちゃうなんて、おお、いやだ」

おきみはおおげさに身震いしてみせた。

「あせっちゃだめ！　おやえちゃんなら、きっと、もっと、いいところから嫁のもらい手が出てくるって……」

頭ごなしにきめつけると、先に立って木母寺の境内《けいだい》に向かった。

二

境内の西にある梅若塚の脇に「梅若団子」の看板を出しているちいさな茶店がある。

その縁台に三人の侍が腰をおろして茶をすすっていた。

三人とも紋付き袴《はかま》の歴《れっき》とした身なりの侍だった。

一人は六尺豊かな長身で、どことなくとぼけた馬面《うまづら》だが、鷹揚《おうよう》な風貌にも見える。

平家蟹《へいけがに》のような顔つきの侍と、どこの若殿かと思うような品のある美貌の若侍と向かいあっていた。

おきみとおやえが梅若塚のそばにある梅の古木に歩み寄っていくのを眺めていた若侍が平家蟹になにかささやきかけ、ゆっくり縁台から腰をあげた。

平家蟹と馬面はかすかに笑みを浮かべながら若侍を見送った。

若侍は扇子《せんす》を片手に謡曲《ようきょく》を口ずさみつつ、二人の娘に何事かにこやかに声をかけた。

おきみとおやえは若侍の美貌に目を奪われたように息をつめて、羞恥にうなじまで血のぼせていた。

それを眺めながら平家蟹はにんまりと馬面とうなずきあった。

「さすがは牛若の半次郎ですな。あのぶんなら二人とも牛若のいいなりになってついてきそうだ」

「うまいぐあいに屋根船までついてくればしめたものだが……」

「なぁに、どうやら本所界隈の娘のようだ。舟で近くまで送ってやろうともちかければすんなりついてきますよ」

「ふふふ、あのようすだと二人とも手つかずのおぼこらしい」

「それに、なかなかの器量よしだ」

「思わぬ拾い物をしたの」

「ふふふふ、まだまだ、あと四人ほど足りませんぞ」

「すこしは手荒いこともせずばなるまい」

「さよう。牛若だけにまかせていてはなかなか埒《らち》があきませぬからな」

「市中では荒事は避けたがよい。ひなびた田舎《いなか》の土臭い娘のなかにも器量よしはいるだろう。そのあたりを狙うのが手っ取り早いかも知れぬぞ」

「そうですな。腕っ節の立つやつを五、六人えらんで、駒込か雑司ヶ谷《ぞうしがや》あたりの田舎娘を探させてみましょう」

「うむ。百姓娘とて磨けば結構、見られるようになるものだ」

「下手《へた》な武家娘より始末がよいかも知れませぬぞ」

「そうとも、一皮むけばおなごはみなおなじ、衣装ひとつでどうにでも化ける」

「さよう、さよう。おなごなど武家娘も百姓娘も変わりはしませぬからな」

「そのことよ、そのこと……」

そのあいだに牛若の半次郎は扇子を使いながら、終始、にこやかな表情でおきみとおやえに何やらささやきかけている。

隅田の川面から流れてくる川風が爽《さわ》やかに境内を吹き抜けていった。

三

その日、平蔵はひさしぶりに柘植杏平と碁盤《ごばん》を囲んでいた。篠がかたわらから団扇《うちわ》で二人に風を送っている。

「ううむ。いつ、見損じたかの……この大石《たいせき》に目がなくなるとはのう」

柘植杏平は盤面に身を乗りだして、唸《うな》っている。

「これは、どこぞに活路を見つけんと頓死《とんし》しかねんぞ」

「ふふふ、活路がありますかな……」

平蔵が涼しい顔で杏平の苦悶を眺めながら茶をすすった。

「うむ……」

ややあって、ふいに杏平が身を乗りだして、黒石をつまむと盤面にぴしりと置いた。

「お……」

今度は平蔵が目を瞠《みは》って身を乗りだした。

「ふうむ……そんな手があったか」

腕組みして、しばし憮然《ぶぜん》とした。

柘植杏平が満面に笑みをうかべると、勝ち誇ったように平蔵を見つめた。

「いかがかな。その大石が生きてしまえば、地合いでは黒の勝ちでござろう」

「いかにも……」

平蔵はぴしゃりと頬をたたいて笑った。

「いやはや、そんな手があったとは、まいりました」

「なに、窮鼠《きゆうそ》猫を噛むというやつでござる」

「なんの。このところ柘植どのもずいぶんと手をあげられて、うかうかしてはおれん」

笑顔で篠をかえりみて、うながした。

「おい。ちょうどいいところだ。そろそろ酒にしてくれぬか」

「はい、もう肴《さかな》は用意してございますから、すぐにおもちしますわ」

腰をあげた篠に、盤面の石を碁笥《ごけ》にしまいかけていた柘植杏平が目を向けた。

「すまんですなぁ、ご新造《しんぞ》。いつも、ご造作をおかけする」

「いいえ。こちらこそ、結構な押し鮨をいただいて、お露さまによろしくお伝えくださいまし」

「なになに、たまたま蛤《はまぐり》と鱚《きす》のいいのが手にはいりましたゆえ、酢でしめて家内が押し鮨にして神谷どのにもお裾《すそ》分《わ》けしたいというので、持参したまででござるよ」

「いやいや、押し鮨は家内も大好物でしてな。酒の肴にももってこいだ」

平蔵も顔をほころばせた。

そこへ篠が徳利と盃に添えて、湯がいた枝豆を運んできた。

「もうすこししてから、押し鮨をおもちいたしますからね」

「うむ。そのときは、おまえもお相伴《しょうばん》するがいい。蛤はおまえの好物だからな」

「はい。お露さまが醬油《しょうゆ》でほどよく煮付けてくださって、頂くのが楽しみですわ」

　篠が徳利を手にし、杏平にすすめた。

「さ、どうぞ」

「いや、これは恐縮………」

「そうそう、先日、笙船どののお宅に顔をだしたところ、一度、お露どのもいっしょに薬草摘みにまいられてはどうかともうされておりましたぞ」

「それはありがたい。たまには家内にも気晴らしをさせてやりたいと思っていたところでござる」

　柘植杏平がおおきく破顔した。

「芝居見物となるとそれがしも苦手でござるが、薬草摘みというのは結構ですな。是非お誘いくだされ」

　この薬草摘みがとんでもない乱闘に巻き込まれることになろうとは、このとき平蔵も柘植杏平も思いも寄らなかった。

四

「ちょいと、おまえさん。起きとくれよ」

本所の常吉《つねきち》はぴしゃりと肩をひっぱたかれて、渋い目をこじあけた。

「なんだ、おめぇか……」

ひっぱたいたのが女房のおえいだとわかって、常吉は枕をかかえこむと布団のうえに腹ばいになった。

「ゆんべはちょいと留《とめ》のやつと飲みすぎて遅くなっちまってな」

「なにいってんですか。いつものことで聞き飽きましたよ」

「ン……」

常吉は目の前に座って睨《にら》みつけているおえいの手をつかんでたぐり寄せた。

「ちょ、ちょっと……なにすんのさ」

「いいじゃねぇか、朝のなんとかも乙《おつ》なもんだぜ」

常吉はおえいの腕をぐいと手繰《たぐ》り寄せた。

「ちょ、ちょっと、よしとくれよ……あんた」

かかえこまれて、もがくおえいを横抱きにして口を吸いつけ、裾前をかきわけた。

「そういゃ、もう十日のうえもご無沙汰《ぶさた》だったたな」

「ね、ね……ちょいと、やめとくれよ。隣の［八百松］のおきみちゃんがゆうべから家に帰ってこないっていうんでおかみさんが心配して……」

「へっ、べつにめずらしくもねぇやな。おきみはもう十七か八になるだろう。好いた男の一人や二人、できたって別にふしぎはねぇ年頃だぜ」

「だって、おきみちゃん……これまで、家空けたことなんかいちどもない、身性《みじよう》のかたい子なんだから……あ、おまえさんたら、いやだ、もう」

おえいの声がくぐもってきた。

すぐそばの竪川《たてかわ》を行き交う舟の櫓《ろ》が撓《しな》う音が聞こえてくる。

ここ、本所松井町一丁目にある料理茶屋［すみだ川］を切り盛りしている女将《おかみ》のおえいは三十八の年増《としま》盛りである。

亭主の常吉は北町奉行所の定町廻り同心斧田晋吾から手札をもらって十数年になる腕っこきの岡っ引きだ。

斧田からもらう手当は雀《すずめ》の涙ほどのものだが、界隈の商人からの盆暮れに届けられる袖《そで》の下と、おえいが店で稼ぐ金で、下っ引きの留松《とめまつ》たち手下を使って御用を務めるのが生き甲斐《がい》の、根っからの探索好きだった。

おえいは若いころ、茶屋女をしていたし、子もいないせいもあって、まだ三十そこそこにしか見えない、水っ気たっぷりの色っぽい女である。

おえいは朝っぱらから常吉に抱えこまれ、ひさしぶりに躰に火がついた。二の腕もあらわに常吉のうなじにすがりつくと、帯紐《おびひも》もそのままに、赤い二布《こしまき》から太腿を蹴りだし、常吉の腰に巻きつけた。

この二階は常吉の専用で、声をかけないかぎり女中もあがってはこない。

眼下の竪川から猪牙舟《ちょきぶね》の櫓音がきしむ音がのどかに聞こえてくる。

五

半刻（一時間）ほどあと、常吉はあくびを嚙み殺しつつ、隣の［八百松］の茶の間で亭主の吉松《よしまつ》と女房のおくまから話を聞いていた。

おくまの隣にはおきみといっしょに出かけたまま帰ってこない、おやえの母親が案じ顔でもじもじしながら座っていた。

茶の間の片隅には常吉の下っ引きをしている留松が出された煎餅《せんべい》に手をだそうかどうか迷っている。

「ねぇ、親分さん。おきみは隣のおやえちゃんと向島の長命寺に桜餅《さくらもち》を買いにいっただけなんですよ」

おくまはいてもたってもいられないように懇願した。

「ふうむ。いまごろ桜餅なんか売ってるのかい。桜なんかとうに散っちまってるぜ」

「若葉を塩漬けにしておくんでさ」

おくまのかたわらから吉松が重い口をひらいた。

「おきみも、おやえちゃんも長命寺の桜餅が大好きでしてね。十日に一度は連れだって買いにいくんですよ」

「ね、親分。おかしいじゃありませんか。長命寺なんて大川の川筋沿いをまっつぐいって源兵衛橋《げんべえばし》（源森橋）を渡った先のとこですよ。それが一晩たっても二人とも帰ってこないなんて……」

おくまは血走った目でまくしたてた。

「ほう、ふたりともか……」

「ええ。おやえちゃんとはおなじ年で子供のころから仲よしでしたから……」

「で、ふたりとも男はいなかったのかい。十八といや番茶も出花で色気づくころだぜ」

「いいえ、どっちも奥手《おくて》で、男に声かけられただけで逃げ出しちゃうほうですよ」

「けどよ。見ず知らずの男ならともかく、親にはないしょで言い交わした男と向島で落ち合ったてぇこともないとはいえねぇぜ」

「そんな、親分さん！」

おやえの母親が丸っこい膝をおしすすめて食ってかかった。

「おきみちゃんはともかく、うちのおやえには新吉さんという好きな男がいるんですよ。新吉さんにないしょでなんて、そんな蓮《はす》っ葉《ぱ》な子じゃありませんよ！」

「あら、それじゃ、まるでうちのおきみが蓮っ葉な娘みたいに聞こえるじゃないの」

おくまが目を三角にして突っかかった。

「まぁ、ま、ふたりともよさねぇか」

常吉は渋い顔になって、双方の母親をなだめた。

「ところで、このことは、もう自身番には届けたのか」

「はい。ゆうべ暮れ六つ（午後六時）になっても帰らないんで、すぐ知らせましたけどね。なに、男と出合い茶屋にでもしけこんでんだろうなんてひどいこといわれて、もう……」

――べつにひどいことでもないぜ。

常吉は腹のなかで苦笑いを嚙み殺した。

年頃の娘などというものは親が思うようなネンネなんかじゃない。

ことに下町の娘は十五、六にもなると陰ではいっちょうまえの女みたいな口をきいているし、男に誘われれば出合い茶屋にも平気で行くし、神社や寺の境内の林のなかで抱かれる娘だっている。

――知らぬは親ばかりよ……。

世の中には十八にもなれば男と手に手をとって駆け落ちする娘だってザラにいる。

「よし、およそのことはわかった。まずは向島界隈をあたってみよう。二人がほんとに長命寺にいったかどうか、そこんとこをたしかめねぇとな」

常吉は腰をあげると、煎餅を囓《かじ》っている留松に声をかけた。

「おい。出かけるぜ」

「へ、へい！」

留松は素早く煎餅を二、三枚、袂《たもと》にほうりこむと土間の草履《ぞうり》をつっかけた。

第七章　獲物の足跡

一

ぬけるような青空に鰯雲《いわしぐも》が白く尾をひきながらたなびいている。

神谷平蔵は野草摘みの手をやすめて腰をあげると菅笠《すげがさ》をぬいで、手ぬぐいで額や首筋の汗をごしごしとぬぐった。

初秋の陽ざしはまだまだ強い。

近くで小川笙船や柘植杏平とお露の夫婦といっしょに薬草摘みをしていた篠が竹篦《たけべら》で掘り起こしたアマドコロの根を手に駆け寄ってきた。

「おまえさま、これは小川先生から教えていただいたアマドコロの根で、なんでも万能薬だそうですよ」

「おお、それは清《しん》の国では［委蕤《いずい》］といって、軽身延命の妙薬として珍重されている薬草だ。血の流れをよくして肝や胃腸を丈夫にするから、おのずから精もつくという結構な薬草だぞ」

「まあ、そんなに効くお薬なのですか」

「ああ、効くとも、この根を日干しにしたやつを酒につけておいたのを日に盃一杯、おれに飲ませてみろ」

「あら、おまえさま……どこか、具合がお悪いのですか?」

「なぁに、いたって丈夫だが、こいつの薬酒は伝八郎めが好きな連銭草《れんせんそう》の酒とおなじで精がつくゆえ、おまえを朝まで寝かさぬ羽目になるということよ」

耳元でささやいて、篠の臀《しり》をポンとたたいてやった。

「ま……」

一瞬、目を瞠《みは》ると、いそいで笙船のほうに逃げていってしまった。

「いかんなぁ、神谷どの。ご新造《しんぞ》に悪ふざけしては……」

柘植杏平が笑いながら近づいてきた。

この柘植杏平は、以前は尾張藩主の陰守《かげもり》をつとめていたが、将軍位争いで尾張と紀州が対立していたとき江戸に出てきた尾張柳生流の剣士である。

ふとしたことで蝮《まむし》に嚙まれ、おりよく居合わせた平蔵と小川笙船の素早い処置で危ないところを命拾いしたのがきっかけで、二人と昵懇《じっこん》の仲になったのである。

陰守といっても藩主から捨て扶持《ぶち》をもらっていただけで、もともと孤児だった柘植杏平には藩への執着も、恩義もなかった。

ただ、江戸につく前、蒲田村《かまたむら》の茶屋ではたらいていたお露という女にこころをひかれ、江戸に呼び寄せて小日向に所帯をもつ身になっていた。

もともと放浪の剣士だった柘植杏平は藩の付家老《つけがろう》である成瀬隼人正《なるせはやとのしょう》のはからいで藩とは縁を切って、お露とともに市井《しせい》に生きることにしたのである。

平蔵もどうにか町医者で食えるようになっていたので、小網町の道場で柘植杏平を自分のかわりに師範代格にしてくれるよう、師範の井手甚内と師範代の伝八郎に頼んだところ、ふたりとも快諾してくれた。

井手甚内は無外流《むがいりゅう》、伝八郎は平蔵とおなじ鐘捲流、そして杏平は尾張柳生流と三人とも流派はことなるが、それがいいという弟子も結構いて、近頃は道場経営も順調のようだ。

杏平と平蔵はちょうどいい囲碁相手で、お露も篠と仲良くなり、いまは家族ぐるみのつきあいをしている。

今日は小川笙船から小石川大下水《おおげすい》の北側にひろがる田園地帯に繁茂している薬

草摘みに誘われ、杏平とお露を誘ったら一も二もなく快諾して小日向から出向いてきたのだ。

道場のほうは一日置きの稽古で、今日は休日だということだった。

二

杏平とお露は遊山《ゆさん》気分でついてきたらしいが、やってみると二人とも薬草摘みがおもしろくなってきたようだ。

しばらくすると柘植杏平は泥だらけの手に采配蘭《さいはいらん》の根球をいくつもぶらさげてきた。

「ほう、それは頬栗《ほおくり》ですな」

采配蘭は別名、頬栗とも、地栗《じくり》ともいう。

根の根球は焼くとホクホクしていて塩でもつけるとなかなかうまい。

「これは今夜の酒の肴《さかな》になりますぞ」

「いいですなぁ。この、茗荷《みょうが》の白根を千切りにして水で晒《さら》したやつも酢味噌和《あ》えにするとこたえられませんからな」

柘植杏平は籠《かご》のなかの茗荷を見せた。

「うむうむ、茗荷は汁の実にしても香りがあって食がすすむし、このまま裏庭にでも地植えにすると、来年には芽吹いてくる」

「ほう、それは楽しみですな」

土がいいせいか茗荷もみずみずしい。

「どうも、薬草摘みが酒の肴採りになってしまいそうですよ」

「なぁに、目当てのゲンノショウコも採れたし、ギシギシも採れましたからな。このギシギシの根は水虫や田虫によく効きますから大収穫ですよ」

「ほう、そんな雑草の根が、薬に……」

「柘植さん。薬草というのはだいたいが雑草で、性が強い。いうなれば天の恵みというやつです」

「なるほど、さすがに、よう勉強なされておられる」

「ふふふ、おおかたは笙船どのから教わったもので、つまりは受け売り半分……」

「いやいや、剣術も医術もすべて受け売りから始まるものだ。わしは剣術しか知らんが、神谷どのは剣医両道をものになされている。たいしたものだ」

「なんの、剣のほうは近頃は道場にもとんと御無沙汰《ぶさた》で、柘植どのにご迷惑をかけております」

「なになに、わしは井手どののや矢部どののお手伝いをさせていただいておるだけですが、月に一両二分も手当をいただいて暮らしが助かると家内もいかいよろこんでおりもうす。迷惑などと、とんでもござらん」

ふたりは草むらに腰をおろして瓢箪《ひょうたん》の水をまわし飲みした。

「それにしても、おたがい、ふしぎなご縁ですな」

「まったく、ひとつ、まちがえば神谷どのと刃《やいば》をまじえる羽目になっていたところだ」

「ふふ、そうなったら、おれのほうがやられていたでしょう」

「なんの、神谷どのの剣には天賦《てんぷ》のものがある。それがしの剣はがむしゃらなだけの自己流でござるよ」

「いやいや、柘植どのの石割ノ剣にはおよばんでしょう」

「なに、貴公の風花《かざばな》ノ剣をかわせる者はめったにおるまいよ」

そのとき、篠が彼方《かなた》の林の木陰から手をあげて呼びかけた。

「おまえさま、ここに、ほら、タラの木が……」

白い小花が房のように咲いた小枝を傘のようにつけた二十尺（六メートル）近

くの大木を指さして手招きしている。

かたわらで小川笙船がお露といっしょに小刀で樹皮を削りとっていた。

三

江戸市中とはいえ、この小石川の西側は日陰地が多くて田畑もすくなく、大名の下屋敷があるぐらいだ。

一帯は雑木林や雑草の生い茂る荒れ地があちこちにあり、薬草摘みにはもってこいの場所でもある。

こんもりした雑木山の麓《ふもと》の涼しい木陰に腰をおろし、小川笙船を囲んで四人は今日の収穫を競いあった。

小川笙船は鳴子百合《なるこゆり》の群生を見つけて、篠やお露といっしょに根茎《こんけい》を籠いっぱい採取していた。

鳴子百合の根茎は里芋《さといも》のような瘤《こぶ》状をしていて食用にもなる。

「これを蒸《ふ》かして食べるとホクホクしていてなかなかうまい。滋養があるから仙人芋《せんにんいも》ともいうてな、長生きするそうじゃ」

笙船にすすめられ、篠やお露も汗だくになって鳴子百合の瘤根を掘りだしていたらしい。ふたりとも手や顔に汗と泥がこびりついていた。

「これを綺麗に洗って天日で干したものが黄精《おうせい》というて朝鮮人参《ちょうせんにんじん》に匹敵《ひってき》する薬効があっての。黄精を漬け込んだ酒を日々飲ませると精もつくし、むろん中折れの竿《さお》などは、たちまち帆柱《ほばしら》を立てるようになる」

「ははぁ、連銭草のようなものですか」

「ま、似たようなものだが、黄精はおなごにも効能があるゆえ、大奥では上様の臥所《ふしど》にあがることになったおなごに黄精酒を飲ませる中﨟《ちょうろう》もいるらしい」

「ははぁ、というと、男を知らぬ生娘《きむすめ》でも房事を好むようになるという……」

「さすがは神谷どの、わかりが早いわ」

笙船がカラカラと笑ったとき、林の奥でかすかな悲鳴がした。

「うむ、あれは……」

平蔵はすぐさま腰をあげた。

「おなごの声のようですな」

柘植杏平も素早く立ち上がった。

「それがしが見てまいるゆえ、柘植どのは先生とおなごたちをお頼みもうす」

「おお、ここは心配いらぬ。拙者におまかせあれ！」

「では……」

すぐさま、平蔵は菅笠と腰の竹籠をはずすと、雑木の木立を縫って夏草が生い茂る斜面を声のしたほうに向かって駆けだした。

四

草鞋《わらじ》を履《は》いているため、夏草を踏みしめて走っても足音はあまりしない。

やがて、木立のなかに朽《く》ちかけた納屋のような小屋が見えてきた。

かつては炭焼き小屋だったらしく、なかば崩れた炭焼き窯《がま》もある。

その窯のかたわらで浪人者がのうのうと袴《はかま》をたくしあげて立ち小便をしている。

近くに浪人者とやくざ者らしい男が肩を並べ、小屋のなかに目をやっては下卑《げび》た笑みをかわしている。

小屋のなかから低い、くぐもった女の悲鳴がかすかに聞こえた。

平蔵は小石をふたつ拾うと、浪人者とやくざ者の面体《めんてい》を狙って投げつけざま、立ち小便している浪人者に走り寄って、刀の峰を返した抜き打ちの一撃をくれた。

「うっ！」

「ぎゃっ！」

小石を食らった浪人者とやくざ者は顔をおさえてよろめき、立ち小便していた浪人者は肩口に峰打ちを受けて窯のなかに崩れこんでいった。

そやつらには目もくれず、平蔵は小屋のなかに躍りこんだ。

薄暗い小屋の片隅で屈強な浪人者におさえこまれ、懸命に足掻《あが》いている女の白い太腿が見えた。

浪人者は女の乳房に顔を埋めこみながら、ふたつの膝頭でがっしりと女の太腿をおさえこんでいる。

「下郎！」

平蔵は怒号するなり、浪人者の腰を思うさま蹴りあげた。

「ぎゃっ！」

獣のような叫喚《きょうかん》を発し、土間に横転した浪人者が撥ね起きようとした。

平蔵はそやつの脳天に容赦ない峰打ちの一撃を浴びせた。

ぐしゃっと鈍い音とともに頭蓋骨《ずがいこつ》が砕け、血しぶきと灰色の脳漿《のうしょう》がはじけた。

その鮮血を浴び、女は土間に両足をひろげたままで、平蔵の顔を怯《おび》えたように見あげていた。

小屋の隅に猿轡《さるぐつわ》をかけられ、手足を縄で縛りあげられたままもがいている娘がいた。

平蔵が近寄ると、娘は恐怖にひきつった顔で小屋の隅に尻をよじって後すざりした。

「これ、案じるな」

なだめるように声をかけておいて、平蔵が猿轡をはずし、後ろ手に縛りあげられていた縄に刃をあてがい切り放ってやった。

そのとき、戸口から仲間の浪人が鼻血を流しながら白刃《はくじん》を手に躍りこんできた。

「おのれっ！」

浪人は怒り狂って白刃を大上段にふりかぶった。

その胸板に平蔵のソボロ助広の鋒《きつさき》が音もなく吸い込まれる。

「うっ……」

一瞬、浪人は棒立ちになると、片手で刃をつかんだ。

平蔵がそのまま、ぐいと胸板から刃を引き抜くと、刃をつかんだ指がぽろぽろと芋虫のようにこぼれ落ちた。

しばらく棒立ちになっていた浪人はそのまま崩れ落ちるように土間に突っ伏していた仲間の屍体のうえに覆《おお》いかぶさった。

ふりかえると母親と娘が泣きながら、ひしと抱きあっている。

「おっかさん！」

娘は狂ったように母親にしがみついた。

母親はもんぺをはぎとられ、尻も、太腿も丸出しのままだったが、身づくろいするのも忘れて、娘を抱きしめた。

「おひさ！　こわかったろ、おひさ！」

平蔵は刀の血糊《ちのり》を懐紙《かいし》でぬぐいとると、鞘《さや》に納め、二人に歩み寄った。

「よいか、二人とも、ここで起きたことは忘れることだ。おれはだれにも口外はせぬ」

「え……」

母親は呆然《ぼうぜん》として見返した。

なにをいわれているのか、わからないというようすだ。

「いいか、あんたも無事だったし、娘さんも無事だった。ここで起きたことは、みんな忘れてしまうことだ。世間というのは口さがないものだ。ないこともあったようにいいたがる者もいる。ことに田舎《いなか》は狭くて口うるさいものだ。黙っているのが無難だぞ」

「は、はい……」

　母親はまだよくは飲みこめないようすだったが、おひさという娘のほうは涙でくしゃくしゃになった顔をあげ、土間に両手をついて何度も何度も頭をさげた。

「ありがとうございます。このご恩は一生忘れません」

「よせよせ、恩もへちまもない。なにもかも忘れてしまえ。なにもなかった。そう思うことだ」

「は、はい」

　おひさは涙ぐみながらおおきくうなずきかえした。

「おっかさんを大事にしろよ。あんたを守ってくれたのはおっかさんだ。忘れてはならんぞ」

　そういうと踵《きびす》を返して、小屋の外に出た。

　林の草むらを斜めに突っ走って必死で逃げて行くやくざ者の姿が見えたが、その行く手から柘植杏平が近づいてくるのを見てまかせることにした。

　やくざ者が踵を返して斜めに逃げようとしたが、柘植が疾風《はやて》のように追いすがり足がらみをかけた。

もんどりうって倒れたやくざ者が撥ね起きようとしたところを柘植の抜き打ちが一閃《いっせん》した。やくざ者は声をあげる間もなく、血しぶきを噴出し、草むらに突っ伏した。

向こうから小川笙船が、篠と露の二人をともなってやってくるのが見えた。

「おまえさま！」

篠は転びそうな勢いで、つんのめるように駆け寄ってきた。

五

助けた女と娘は近くの百姓の女房と子供だった。

母親のほうはお菅《すが》といって三十三歳、おひさという娘は十六歳だった。

ふたりで野良仕事をしていたとき襲われて当て身を食らい、気絶しているあいだに二人とも小屋にかつぎこまれたという。

拐《かどわ》かそうとしたのは娘のおひさのほうで、お菅のほうは小屋で始末してしまうつもりだったのだろう。

——おそらく……。

当て身を食らって倒れたお菅の肌身が、農婦にしては思いのほか白いのを見て劣情をそそられたのだろう。

ともあれ、おとなしく浪人者のいうなりになって肌身をまかせていたら、お菅の悲鳴も平蔵たちの耳には届かなかったはずだ。

お菅は娘の身を案じて必死になって暴れたにちがいない。

その、お菅の懸命な抵抗が、娘のおひさを救ったようなものだ。

——あの娘はまちがいなく、生涯、母親を大事にするだろう……。


その夜、平蔵が縁側で月明かりの庭を眺めて団扇《うちわ》を使っていると、かたわらの篠がポツンとつぶやいた。

「あの母親は、おひさという娘を命にかえてもいいほど可愛がっていたんでしょうね」

「うむ……」

平蔵の脳裏には薄暗い小屋のなかで懸命にもがき、撥ねていた、お菅の白い太腿が鮮明に灼《や》きついていた。

かつて鹿狩《しかが》りをしたとき、逃げ遅れた仔鹿をかばい、命がけで足をあげて立ち向かってきた雌鹿の細い足が、ふと脳裏によみがえってきた。

「母親にとっては子が命というからな」

「わたくしも、ややが産めればよいのですけれど……」

篠がポツンとつぶやいた。

「ン……」

平蔵はまじまじと篠を見つめた。

これまで平蔵はおのれの子が欲しいと思ったことはついぞなかった。

「ややが欲しいのか……」

「でも、無理かも知れませんわね」

篠はポツンとつぶやいた。

「わたくしも、そう、若くはありませんもの」

「バカをもうせ。おまえは、まだまだ若い」

腕をのばし、篠の肩を抱きよせて躰をすくいあげると膝のうえに抱えこんだ。

「そうか、ややが欲しいか……」

「平蔵さまは欲しくはないのですか」

「おれか……」

　平蔵はホロ苦い目になった。

「ひとの子は可愛いとは思うが、もしも、おれがような男が産まれたらと思うと正直、気が重い」

「ま……」

　篠がくすっと笑った。

「わたくしは平蔵さまのような子が欲しいと思いますけれど……」

「よせよせ、おれがようなのが、もう一匹ふえてみろ。どうにも手に負えんぞ。かというて縄でしばっておくわけにもいかんしな」

　篠は呆《あき》れ顔になった。

「なにも男の子がやんちゃばかりとはかぎりませぬもの」

「なんの。おれが子ならおよそは似たようなものだ。どうせなら、おまえがような女の子がいい」

「それは、どっちでもよろしゅうございますけれど……」

「そうだ。生むなら女の子にしろ。おなごのほうが家事も手伝ってくれようから、おまえも楽ができるぞ」

「もう、そのような……」

去年、山採りして井戸端に移植した乳母百合《うばゆり》のおおきな筒のような花弁が闇のなかにほのかに白く咲いている。

花の盛りは短いが、性根は強い。

おなごの盛りも短いが、性根は強い。

——もし、おれが死んでも、篠なら子のひとりぐらいなんとか育てることができよう。

闇のなかに匂うように咲いている乳母百合の白い花弁に目をやりながら、平蔵はそんなことを思っていた。

六

翌朝、平蔵は朝餉《あさげ》をすませると、篠といっしょに裏の畑に出て、畝《うね》を耕し、鳴子百合の根茎とマタタビの実を植え込んだ。

篠はノビルの肉芽《むかご》も竹垣《たがや》に沿って植え込むつもりらしい。

根付くかどうかわからないが、鳴子百合やマタタビが自家栽培できれば薬用に使える。

ノビルは胃腸にいいし、食欲や性欲を高めるという。

「今度は伝八郎と育代どのを薬草摘みに誘いだしてみるかな」

「それはよろしゅうございます。野遊びは気が晴れ晴れいたしますもの」

「そうだな。よし、どこぞ、この近くでよい場所がないか探してみよう」

噂《うわさ》をすればなんとやらで、当の伝八郎がのそりと裏口からやってきた。

「ほう、ふたりで仲良く野良仕事か。いや、結構結構……」

と、にやにやしながらほざいた。

「今年の冬はなにをもらえるんだ。冬の白葱《しろねぎ》はねっとりしてうまいからのう」

「残念だが、きさまには用のない薬草ばかりだな」

「ほう、どんな薬草だ」

「女好きが女嫌いになる薬よ」

「なんだ、そりゃ……」

「心身清浄になる薬さ」

「なにぃ……」

鍬《くわ》を手にしていた篠が、額の汗を手の甲でぬぐいながら笑みかけた。

「そうそう、今日はお帰りに頬栗の甘辛煮をおもちくださいまし、ゆうべいただきましたけれど、とてもおいしゅうございますよ」

「それはかたじけない。やはり、篠どのは神谷より、ずんと気前がよいわ」

にやりとした伝八郎は口をゆがめて、ぼやいた。

「なにせ、このところ家内は気がたっておっての、三度三度、目刺しと豆腐ばかり食わせおる。ちとうんざりしておるのよ」

「ま、育代さまが……」

「ふふ、女房の気がたつのは亭主が可愛がってやらぬからと相場はきまっておるぞ」

「なにをぬかすか、育代の気がたっておるのは拐かしのせいよ」

「拐かし……」

「なんじゃ、知らんのか。このところ、深川から本所にかけておなごが何人も拐かされておってな。うちの光江《みつえ》も年頃ゆえ、もしやと思うと気がたつのであろうよ」

平蔵は思わず、篠と顔を見合わせた。

「矢部さま。光江さまはおいくつになられましたか……」

「こうっと、圭介《けいすけ》より三つ年上だから、たしか十二、三のはずだ。なに、まだまだネンネよ……」

「矢部さま。おなごの十二、三といえば、もう、ネンネとはいえませぬよ」

「ン？　そうかの」

「そうですよ。おなごは男より早く大人になりますもの」

「ううむ……そういえば、近頃、わしといっしょに風呂にはいらなくなったし、圭介と行水遊《ぎょうずい》びもしなくなったな」

「それはそうでしょうよ。そろそろ乳もふくらみかけるころですもの」

「ふうむ。おれが育代と所帯をもったころはちんまりしておったが、このところ背丈も急にのびてきておるからな」

伝八郎、照れくさそうに顎《あご》を撫《な》でた。

「光江は育代が早くに産んだ子でな。おしゃまなだけに圭介や大助の面倒をよくみてくれるゆえ、育代もおおきに助かっておるのよ」

「そうか、あの子はもうそんな年頃になっていたのか」

「ン？　それが、どうかしたか」

「ま、とにかく、あがれ……」

平蔵、家のほうを目でしゃくってうながした。

七

「なにぃ、小石川でも拐かしがあったのか」

縁側にあぐらをかいて昨日の顚末《てんまつ》を聞くなり、伝八郎は胴間声《どうまごえ》を張りあげた。

「きさま、なんだってまた、四人とも斬《き》っちまったんだ。一人ぐらいはふんづかまえておきゃよかったのによ。しめあげりゃ何か吐いたかも知れんだろうが」

「ま、そういうな。あの女の身にもなってみろ。ほんとのことが亭主にわかったら三下《みくだ》り半《はん》ということにもなりかねまい。女に罪はないとはいえ、亭主しだいじゃ、そんな傷物の女房は抱く気がせんということにもなりかねまいが」

「ふうむ。ま、わからんでもないの」

「その本所界隈《かいわい》で拐かされたというおなごはいくつぐらいの娘だ」

「たしか二人とも十八だと聞いておる」

「十八といえば娘盛りだな」

「きさまが助けた娘はいくつだったんだ」

「十六だといっておったが……」

「ふうん。いっちょうまえというわけか。こりゃ、光江もうかうかしちゃおられんの」

「まさか、十二、三の小娘まで拐かしはせんだろうよ」

「そうか、そうよな」

「ふふふ、きさまもだいぶ所帯じみたことをいうようになったな」

「なにをぬかすか。きさまもややこができればいずれそうなるさ」

台所のほうを目でしゃくり、腹をポンと手でたたいてみせた。

「まだ、ふくらんではこんようだの」

「ちっ！　忙しくて、そっちまでは手がまわらんよ」

「おい、アレは夜業《よなべ》仕事だぞ。きさまのところは夜中まで患者がくるほど多忙には見えんがのう」

「こいつ……」

平蔵が舌打ちしたとき、斧田同心が扇子《せんす》片手にぬっと奥の間にあがりこんできた。

「おお、あいかわらず相棒が雁首《がんくび》そろえておるな」

巻き羽織の背中から朱房《しゆぶさ》の十手《じつて》をひっこ抜いて、手にさげていた刀といっしょに小脇に置くと、せわしなく扇子を使いながら巻き羽織の裾《すそ》を勢いよくはねあげて座りこんだ。

「神谷さんよ。昨日はまたまた小石川で派手なことをやらかしてくれたそうだな」

「そうよ……」

待ってましたとばかりに伝八郎がまくしたてた。

「なにせ、こいつは昔から手加減ということを知らん。今も、やつらの一人ぐらい生かしておけばいいものをと文句をつけていたところよ」

「いや。あれは、あれでよかったようだ」

「ン……そりゃ、どういうことだ」

「あの、お菅という女房の亭主は気のちいさいやつでな。もしかして、ほんとうは手込めにされたんじゃないかと、一晩中、女房をいびっていたらしい」

「やはり、な……」

平蔵は眉をひそめた。

「おおかた、そんなことだろうと思ったよ」

「ま、笙船どのが仲裁にはいってくれたからいいようなものの、下手《へた》すりゃ離縁騒ぎになるところだったらしい」

「ちっ、まったく肝ッ玉のちいさい亭主だのう。べつに浮気されたわけじゃあるまいし……」

伝八郎が舌打ちして吐き捨てた。

「むかしから、旅先でおなごが賊に襲われたら、下手に騒がず、おとなしく股ぐらひらいてやるほうがいいというくらいのもんだ。なにしろ、命あっての物種《ものだね》だからな」

「おい。きさま、育代どのにでもそういえるのか」

平蔵がじろりと伝八郎を見やった。

「世の中、そう割り切れるもんじゃないぞ」

「ン……」

伝八郎、一瞬、たじろいだが、すぐにドンと胸をたたいてみせた。

「いや、おれなら文句なんかいわんな。あんなもの風呂にでもはいって洗い流してしまえばチョチョンのチョンよ」

「ちっ！　どうだかわかったもんじゃないな。人間、口じゃなんとでもいえる」

「なにぃ……」

口を尖《とが》らせた伝八郎を見て、斧田が苦笑いしながら割ってはいった。

「おいおい、軍鶏《しやも》じゃあるまいし、なんだって、いつも顔をつきあわせりゃ、なにかにつけてすぐにいがみあうのかね」

「べつにいがみあってはおらん」

「そうよ。こんなものは挨拶がわりみたいなもんよ。なぁ、神谷」

「ン、まぁな……」

そこへ篠が淹《い》れたてのお茶と茗荷の梅酢漬けの小皿を運んできた。

「うちで漬けたものですから、みなさまのお口にあいますか、どうか……」

「お、これはかたじけない」

斧田は早速、赤く染まった茗荷を一切れ、指でつまんで口にいれて嚙みしめるとポンと膝をたたいた。

「お、これはお茶請けにはなによりですな」

斧田は淹れたての茶をすすりながら、懐《ふところ》から川窪征次郎が描いた人相書きの木版刷りを取りだした。

「こいつは、今朝、刷り上がったばかりなんだが、どうだね、神谷さん……」

「どれどれ……」

八

刷り上がった猪口仲蔵の人相書きを受け取った平蔵は、しばらく眺めてから満足そうにうなずいた。

「うむ、見事な出来映えだな」

「よし、早速、こいつをうんと刷り増しさせて、同心や岡っ引きに配ってみる」

斧田は気合いのはいった表情になった。

「これだけ癖のある顔はそうザラにはおるまい。うまくいけば網にかかるだろう」

「じゃ、こいつが拐かしの一味なのか」

伝八郎が横合いからのぞきこんだ。

「うむ。昨日の小石川の一件も、こいつの仲間の仕業にほぼまちがいない」

「ふうむ。こやつが、その猪口仲蔵とかいう悪党か」

「ああ、こいつは西で打ち首になった八文字屋喜兵衛の片腕だったそうだが、御用の網から逃れて江戸に流れてきやがったらしい」

斧田が口をひんまげて吐き捨てた。

「なぁに、西じゃ網にかからなくても江戸じゃそうはいかん。どこにもぐりこんでやがっても引っ捕らえて獄門首《ごくもんくび》にしてやるさ」

斧田は人相書きを懐にねじこんで口を引き結んだ。

「本所でも娘が二人、拐かされたと聞いたが、それも、こいつの仕業かね」

伝八郎がかたわらから口を差し挟むと、斧田が溜息まじりにうなずいた。

「まず、おそらく、まちがいないだろう。ひとりは本所松井町の八百屋《やおや》の娘でおきみ、もうひとりはおなじ町内の足袋屋《たびや》の娘でおやえ、どっちも十八の娘っ子だ。向島にふたりそろって遊びにいったところを拐かされたようだな」

斧田はホロ苦い目をして舌打ちした。

「向島の梅若塚で茶店をやっている婆さんがおきみとおやえらしい娘を見たそうだが、なんでも旗本の若様みたいな人品のいい侍となにやら楽しそうに話しこんでいたらしい」

「なにが品のいい侍だ。神谷もれっきとした旗本の若様だが、見てくれは土臭い素浪人と大差はなかろう」

「こら、つまらんところで引き合いにだすな」

「い、いや、見てくれだけで人品がどうのこうのとぬかすのが気に食わんだけよ」

「まぁな。きさまはどう見ても人品高貴には見えんからな」

「なにぃ……」

「ちっ！　またぞろ軍鶏の掛け合いかね」

斧田はやれやれというように苦笑いした。

「ところが、この若侍というのが、どうやら手配中の牛若の半次郎というやつらしい」

斧田が岡っ引きに使っている本所の常吉が茶店の婆さんから聞き出したところによると、牛若の半次郎には連れの侍が二人いて、おきみとおやえは近くの船着き場に舫《もや》ってあった屋根船に誘いこまれたらしいということがわかった。

しかも、常吉が婆さんから聞き出した話によると、牛若の半次郎の連れの侍の一人は猪口仲蔵で、もう一人は仲蔵の腹心といわれる蟹《かに》の又佐ではないかということだった。

「ふうむ。馬面《うまづら》に、牛若に、蟹か……落語の三題噺《ばなし》にもならんな」

伝八郎が吐き捨てた。

「ふふふ、もう一匹はなんでも河童《かっぱ》の孫六というらしいぞ」

斧田は揶揄《やゆ》するように付け加えた。

「ははん、まるで化け物みたいなやつらばかりだの」

伝八郎は首をかしげた。

「しかし、八文字屋の一味なら盗賊が専門のはずだろう。それが、なんだって女を拐かすんだ。女衒《ぜげん》にでも宗旨がえしたのかね」

「そこがわからんのよ。女衒は証文つきで金で女を買っちゃ吉原の遊郭や深川あたりの女郎屋に売るのが商売だ。まっとうたぁいえねぇが、お上のお目こぼしもある。それが拐かしとなると、こいつは島流しか、下手すりゃ獄門ものだぜ」

「ああ、そりゃそうだろう。年頃の娘っ子を拐かすなんぞというのは、晒《さら》し首にしても飽き足りない犬畜生どもだ」

「むろん、吉原や島原《しまばら》の遊郭にしても、深川や下谷あたりの色街にしても、素性のわからん女を買ったら同罪だ。そんな物騒な女を引き受けるやつはいないさ」

「…………」

ふと平蔵はおもんが口にしたことを思い浮かべた。

——抜け荷の一味の仕業……。

もし、相手が異国の海賊なら、公儀の御法など意にも介さないだろう。

とはいえ、おもんはこのこと他言無用と念をおした。

その約束もあるが、もし、そうだとしたら斧田のような町奉行所同心では手に負えぬことになる。

ただ、困惑させるだけで探索の邪魔になりかねない。

しかも、また連絡《つなぎ》の者を差し向けますといったにもかかわらず、その後、おもんからはなんの連絡もない。

もしかしたら、抜け荷がどうのこうのというはなしはうやむやになってしまったということも考えられる。

平蔵のかたわらで、伝八郎が口をゆがめて若い娘の素行を罵倒《ばとう》していた。

「だいたいが、近頃の娘どもは見てくれがいいだけの男の口車にふわふわと乗るからいかんのだ。やれ、流行《はやり》の着物の色柄がどうの、人気の芝居役者がどうのと目の色を変えてばかりおる」

「ふふふ、それは、なにも若い娘にかぎったことでもあるまいて……」

斧田が揶揄するように口をひんまげた。

「大奥を追んだされた絵島《えじま》も生島新五郎《いくしましんごろう》にいれあげて一生を棒にふったが、いまでも金のある商人の女房は四十面さげて芝居茶屋で役者買いに血道をあげているんだぜ」

「けっ、そんな中年増《ちゅうどしま》なんぞどうだっていいが、まだ嫁入り前の娘がほいほい口車に乗せられて見ず知らずの男のケツにくっついていくってのが気にいらん」

「そうはいうがね。どうやら、この一味が拐かす女は二十歳《はたち》前後の生娘《きむすめ》に的をしぼっているらしいぞ」

「二十歳前後の生娘というと、十二、三の小娘もはいるのか」

「さて、十二、三はどうかわからんが、四日前に横川《よこかわ》べりで拐かされた豆腐屋の娘は十五のおぼこだったよ」

「なにぃ、十五……」

「うむ。ちと、娘っ子にしちゃ大柄だったらしいが、十五といや、女としてはいっちょうまえだからな」

斧田がうなずくのを見た伝八郎は、うなり声をあげて立ち上がった。

「おい。まさか十三の娘まで拐かしたりせんだろうな」

「さぁ、そいつはわからんな。やつらの気分次第だろうよ」

「ふうむ……」

伝八郎、腕を組んで難しい顔になった。

斧田は伝八郎にすくいあげるような目を向けた。

「ははぁ、たしか、あんたのところにも年頃の娘がいたっけな」

「ン？」

「ご新造《しんぞ》も器量よしだからな。ま、せいぜい気ぃつけたがいいぜ」

斧田はにんまりして付け加えた。

「ちっ！　いやなことぬかしやがる。おい、神谷。今日は帰るぞ」

あたふたと刀を手にした。

「ま、矢部さま……」

串団子と茶を運んできた篠がおどろいたように声をかけた。

「いやはや、これが、子持ちの辛《つら》さというやつでな」

伝八郎はぬかりなく、行きがけの駄賃に串団子を口にくわえると、あたふたと玄関に向かった。

九

その日、本所の常吉は人相書きを懐にして下っ引きの留松を連れ、本所深川界隈を聞き込みにまわっていた。

辻番所や町の木戸番、長屋をまわっては人相書きを見せてまわったが、帯に短し襷《たすき》に長しで一向にアタリがない。

一人、馬面の浪人者が冬木町《ふゆきちょう》の長屋にいると留松が聞き込んできて、それっと色めきだって駆けつけてみた。

たしかに上背のある馬面だったが、内職の傘張りをしていた浪人は人柄も温厚で、刀など三年前に大小とも古道具屋に売り払ってしまって無腰だった。

その浪人は中井敬次郎《なかいけいじろう》といって加賀大聖寺藩《だいしょうじはん》に足軽として仕えていたが、宝永六年（一七〇七）に藩主が寛永寺の宿坊で大和柳本《やまとやなぎもと》藩主に遺恨を抱いて刃傷《にんじょう》におよんで切腹し、除封されたため浪人して江戸に出てきたのだという。

「赤穂《あこう》の浅野《あさの》家もそうですが、殿様の喧嘩《けんか》で家来が路頭に迷う羽目になる。つくづく武家奉公が嫌になりましてな」

中井敬次郎は口をゆがめて吐き捨てた。

「ま、傘張りでは足軽とたいしたちがいはありませんが、いまの暮らしのほうが気が楽なだけましですよ」

妻女《さいじょ》は漢字も仮名も達筆で、亀久橋《かめひさばし》を渡った川向こうの浄心寺《じょうしんじ》にある寺子屋で子供たちに読み書きを教える内職をしているということだった。

江戸に来てから産まれた七つの女の子もいっしょに寺子屋に連れていっているから、昼間は中井敬次郎は一人で傘張りに専念しているらしい。

どう見ても猪口仲蔵のような悪事をはたらく人物には見えなかった。

それに中井敬次郎の顎には人目につくようなおおきな黒子《ほくろ》がある。

近所で聞き込みしても、中井敬次郎は内職に忙しく、外出するところなど見たことがないということだった。

常吉はあきらめて引き上げようとしたが、長屋の木戸まで追いかけてきた中井敬次郎が耳よりな話をもたらしてくれた。

「たしか、お手前がお探しの浪人は猪口仲蔵ともうす男でしたな」

「へ、へい。なにか、心当たりでもおありなんで……」

「いや、半月ほどまえでしたが、亀久橋ですれちがった侍から、猪口さんじゃないかと声をかけられたことがござってな」

「ほう……そいつは」

常吉は目を輝かした。

「もとより、すぐに人違いだとわかりましたが、それはこの黒子のせいでして、黒子がなければそっくりだと申されていましたな」

「そっくり……」

中井敬次郎によると、人違いした侍は信州上田藩《しんしゅううえだはん》の江戸屋敷詰めで松井六右衛《まついろくえ》門《もん》という藩士だった。

江戸屋敷詰めになる前の若いころ、上田城下のタイ捨流の道場で同門だった猪口仲蔵と、中井敬次郎がよく似ていたので、つい声をかけてしまったのだという。

――こいつは……。

常吉はどうやら獲物の足跡にたどりついた思いがした。

松井六右衛門と中井敬次郎はしばらく立ち話をしたが、よく見ると猪口仲蔵とは、顔が面長《おもなが》というだけで頬骨や顎も違うし、なによりも双眸がまるで違うといって、松井六右衛門は勘違いを詫びて別れた。

十

その日の夕刻、斧田晋吾は暮れ六つ（午後六時）の鐘を背中で聞きながら八丁堀の組長屋に重い足取りで帰宅してきた。

「あら、ずいぶん早いお帰りですこと」

玄関前の縁台にずらりと並べてある盆栽《ぼんさい》に如雨露《じょうろ》で葉水《はみず》をかけていた妻の志津《しづ》江《え》が目を瞠《みは》った。

斧田は柄にもなく盆栽好きで、市中巡回中に目についた盆栽を買ってくるが、水やりはほとんど志津江にまかせっぱなしだった。

「早くけぇってきちゃ、なにかまずいことでもあるのかい」

「また、そのような……」

志津江は口に手をあてるとクスッと笑いながら腰をくの字にひねった。

志津江は三十二歳になるが、年より三つ四つは若く見える。

娘のころは八丁堀小町と噂されていた美貌に年増の脂《あぶら》がのってきたようだ。

「ふうむ……」

「なに、見てらっしゃるんですか」

「ン……」

斧田はまじまじと志津江の腹のあたりを眺めて小首をかしげた。

「いや、とても腹にややを抱いているようには見えんがな」

「まだ四月《よつき》ちょっとですもの。目立つようになるのは、もうすこし先ですよ」

「ははぁ、そういうことか……」

つるりと顎を撫でると志津江の尻をポンとたたいた。

「てぇと、ここは当分はおあずけということかい」

「ま……」

志津江が耳朶《みみたぶ》まで血のぼせたとき、常吉が気負いこんでやってきた。

「旦那。今日、よう、やっと猪口仲蔵の身元が……」

いいさして、常吉が二人をにやっと見やって顔をつるりと撫でた。

「へへへ、こいつぁ、とんだお邪魔虫でしたかね」

「ばかやろう。おめぇはいつだってお邪魔虫よ」

斧田は口をひんまげて志津江に顎をしゃくってみせた。

「虫よけに一本熱いのをつけてやんな」

言い捨てると、さっさと玄関に向かった。

「もう、虫よけだなんて……勘弁してやってくださいね。あんなことといってますけれど、うちのひと、ほんとは常吉さんが頼りなんですから」

「と、とんでもねぇこって……」

十一

——その夜。

斧田は浴衣《ゆかた》姿で団扇《うちわ》を片手に猪口仲蔵の人相書きを眺めながら、眉根に険《けわ》しい縦皺《たてじわ》を刻んでいた。

志津江が浴衣姿で冷や酒とスルメを運んでくると、斧田の手から団扇をとって風を送りながら人相書きをのぞきこんだ。

「この侍が拐かしの張本人なのですか」

「うむ。猪口仲蔵という男にちげぇはねぇらしいが、ハナからこいつが張本人ときめつけるわけにもいかねぇのさ」

斧田は渋い目になってスルメの足を食いちぎった。

「根津権現で神谷さんが取り逃がした侍が猪口仲蔵だというのはまちげぇねぇが、小石川の狼藉者《ろうぜきもの》が猪口仲蔵の一味という証《あか》しはどこにもない。なにせ、神谷さんと柘植さんが一人残らず始末しちまったからな」

「なんだか厄介なお調べになりそうですね」

「ただの盗人《ぬすっと》ならともかく、娘の拐かしとなると人質をとられているようなものだ。迂闊《うかつ》なこともできんからな」

「おまえさま……」

斧田は溜息をついて盃の冷や酒をぐいと飲みほした。

志津江が膝でにじり寄ると、指をのばして斧田の足をそっとつついた。

「ン？」

「あの、もう、よろしいそうですよ」

「なに……」

とっさにはなんのことか判じかね、まじまじと志津江を見返した。

「おわかりにならなければよろしゅうございます」

志津江が澄まし顔で腰をひねってみせた。

「おお、そうか、そうか」

斧田はうなずいて、志津江の肩に手をのばした。

「久実《くみ》は、もう寝たのか」

志津江は顎をひいてうなずいた。

「もう、とうに四つ（午後十時）を過ぎましたもの」

「そういえば、このところ、ずいぶん無沙汰《ぶさた》をしておったの」

志津江の腹に手をあててささやいた。

「腹のなかの子にも挨拶しておかんとな」

「ま……」

志津江がくすっと忍び笑いした。

床下に住みついている蟋蟀《こおろぎ》のすだく声が涼しげに聞こえてくる。

秋も深まってきたようだ。

第八章　追　跡

一

――翌日。

斧田晋吾は昼前の四つ（午前十時）ごろ、深川海辺《うみべ》大工町《だいくまち》にある信州上田藩五万三千石の松平伊賀守《まつだいらいがのかみ》下屋敷に松井六右衛門を訪ねた。

北町奉行所で調べたところ、松井六右衛門が下屋敷の用人をしていることがわかったからである。

一応、与力から上田藩に話を通してもらってあったから、待つほどもなく松井六右衛門に会うことができた。

六右衛門は鬢《びん》に白いものがまじりかけた中年の男だったが、用人という役職のせいか、いたって気さくな人物だった。

半月ほど前、亀久橋で声をおかけになった傘張りの内職をしている浪人を覚えておられるかと訊《き》くと、六右衛門はにこやかにうなずいた。

「おお、よう覚えておりまするな。浪々の身にしてはすこしも荒《すさ》んだところのないおひとでござった」

ハタと膝をたたいて、おおきくうなずいてみせた。

「たしか加賀大聖寺藩前田家におられたおひとで、中井どのともうされたと思うが」

さすがは用人という仕事柄だけあって物覚えもたしかなものだと斧田は感心した。

「あのおひとが、なにか……」

「いや、あの中井どののことではござらん。中井どのと見まちがえられたという猪口仲蔵という男のことについて、いささかおうかがいできればと存じてまかりこしました」

斧田は懐《ふところ》から猪口仲蔵の人相書きを取り出して、松井六右衛門に見せた。

「おお、これは猪口仲蔵の……」

「さよう。この男は目下、奉行所で行方を探索しているところでござる」

「ほう、それは……」

斧田はまばたきもせず、松井の顔をひたと見つめた。

町奉行所同心は江戸市中で犯罪を犯した者を捕縛するのが役目だが、武家屋敷や他藩の侍には手出しできない定めになっている。

しかし、浪人はそのかぎりではない。

そのため、与力に頼んで奉行の添え状をもらってきたのだ。

「ふうむ」

にわかに松井は眉根に皺《しわ》を寄せて、用心深い表情に変貌した。

「この猪口がなにかしでかしたとしても、もはやわが藩とはなんのかかわりのない者にござるが……」

「いかにも、そのご心配はご無用になされていただきたい」

ここで松井に口をつぐまれては、なんのために深川まで出向いてきたかわからなくなる。

斧田は上田藩とはなんのかかわりもないことを強調しておいて、猪口仲蔵がどんな事件にかかわったかを松井につまびらかに明かして協力を頼んだ。

無言で耳を傾けていた松井六右衛門の表情が次第に険《けわ》しくなった。

「あい、わかりもうした。いやはや、あやつめならやりかねんことじゃ」

「ほう、と申されるからには思いあたられることがおありということですか」

「いかにも……」

松井六右衛門は溜息まじりにおおきく顎《あご》をひいてうなずいた。

「もはや猪口仲蔵は当藩とはかかわりのない男、何をしでかそうとしているかは存ぜぬが、それがしが知るかぎりのことは申しあげよう」

六右衛門は手をたたき、内女中を呼びつけて茶菓をだすように命じると、険しかった表情を一変させた。

大名屋敷は町奉行所の治外法権とはいえ、藩で手にあまることが起きたときは町奉行所同心の協力が必要なことも多々ある。

松井六右衛門はそのあたりのことを勘案《かんあん》したのだろう。

「かつては当藩におった者を悪しざまにいうのもなんじゃが、かの者は藩でも鼻つまみの男でござっての」

松井は役人らしく慎重に言葉をえらびながら、重い口をひらきはじめた。

「かの者とは、わしがまだ部屋住みだったころ、国元の道場で同門だったたという《としま》だけの間柄でしかござらんが、おなじ勘定方の同輩のあいだでは、猪口を年増泣かせと陰口をたたく者もいれば、人によっては年増ごろしなどと悪しざまにいう者もいたようじゃ」

「ほう、年増ごろしとは、また艶《つや》っぽいはなしですな」

「さよう。町人同士なら陰口のたぐいですむはなしじゃが、こと武士となると、これは捨て置きがたい悪評になりもうす」

松井六右衛門は用人という他藩の者や商人ともつきあう捌《さば》けた役目ながら、根は実直な人物のようだった。

「たしかに猪口はタイ捨流の剣士としては藩でも右に出る者がない遣《つか》い手でござったが、素行はいたって不行跡《ふぎょうせき》な男でしてな」

六右衛門は眉を曇らせながらも、ぽつりぽつりと猪口仲蔵のことを事細かに語りはじめた。

二

猪口仲蔵は生来が勘定方という仕事には不向きな男で、しばしば同役といさかいを起こして上役から睨《にら》まれてもいた。

いずれは御役御免どころか減俸も免れまいと噂《うわさ》されていた。

その憤懣《ふんまん》の捌《は》け口《ぐち》を猪口はどうやら女に向けるようになっていったという。

とはいえ、禄二十石の軽輩では岡場所の女を買うほどの金はない。

しかも、そもそもが若い女から好まれるような容貌ではなかった。

そのころ、猪口仲蔵とは幼いころから仲がよかった普《ふ》請組《しんぐみ》の藩士が二十一という若さで病没してしまった。

猪口は親身になって友人の葬儀や後始末の手伝いをしているあいだに、三十八歳にもなる友人の母親と男女の堰《せき》を越えてしまったのである。

その母親は三十二のとき夫と死別していたから、六年間、空閨《くうけい》をかこっていたが、まだ枯れきるには若すぎたのだろう。

「この母親は大年増ながら、なかなかの器量よしでしてな。猪口が食指を動かしたのも、ま、わからんこともござらん」

六右衛門は渋い目になった。

「見た目には三十そこそこに見える女でしたからな。猪口が意《い》馬《ば》心猿《しんえん》の情をそそられたのも無理からぬところもござったな」

「なるほど、猪口ならずとも世間にはよくあることですな」

「さよう、さよう……」

六右衛門はせわしくなく扇子《せんす》を使いながら苦い目になった。

「ま、これが町人なら、せいぜいが笑い話のタネになるぐらいですまされるはなしでござろう」

「なんの、公儀御家人《ごけにん》でも、うだつのあがらぬ部屋住みの次男三男なら歓んで美人の大年増の婿《むこ》になる者もすくなくありませんぞ」

「いやいや、江戸とちごうて当藩のような山国では、そう簡単に艶聞《えんぶん》ですまされるはなしではござらん」

六右衛門は滅相もないというような渋面《じゆうめん》になった。

「しかも、そうなってからは後家のほうが猪口にいれあげて、人目に立つほど逢瀬《おうせ》をかさねていたゆえ始末が悪い」

後家の空き巣とはいえ、武家では醜聞《しゆうぶん》のそしりはまぬがれないし、このままでは家の跡目が絶えてしまう。

そこで親戚が奔走《ほんそう》し、急遽《きゆうきよ》、その後家に四十五になる部屋住みの中年男を養子縁組みさせて家を継がせることにしたらしい。

部屋住みというのは次男以下の男子で養子の口がなく、長男の家で飼い殺しにされている侍のことである。

「そやつも見てくれはパッとせぬ、なんの取り柄もない男じゃったが、親戚がよってたかって後家を説得し、強引に婿入りさせたようでござったな」

六右衛門は苦々しげな口ぶりで斧田に語った。

「これで後家のほうの穴ふさぎはできたが、お払い箱になった仲蔵は鳶《とんび》に油揚げをさらわれたようなものでござるよ」

六右衛門は下世話なことを口にして渋い目になった。

「なるほど、せっかく後家の脂《あぶら》ぎった躰で年増の味を覚えたところをあっさり肩すかされたようなものですな」

斧田は苦笑をこらえて、六右衛門に調子をあわせてやった。

「さよう、さよう。ま、猪口の後家あさりがはじまったのはそれからのようでござる」

以来、猪口仲蔵は藩内の武家はもとより商家や、百姓家を問わず、空閨をかこっている寡婦《かふ》を狙うようになったという。

「むろん後家ばかりではなく商家の内儀とも密通していたそうじゃが、これが五十に近い大年増で亭主のほうも呆《あき》れて文句もいわなんだらしい」

六右衛門はくすっと思い出し笑いした。

「おおかた、亭主も肩がわりしてもろうて助かったのかも知れぬて」

「もしや、それをネタに猪口が商家から金をせびるようなことは……」

「ないない、それはない」

六右衛門はひらひらと手をふってみせた。

「奇体にそういうことはせなんだようじゃったな。それに若い娘には見向きもしない男での。狙うのは脂っこい年増ばかりだったようじゃ」

「ははぁ……」

斧田はなんとも解《げ》せぬ表情になった。

これまでのところ、猪口仲蔵の風変わりな漁色話ばかりで、血生臭い刃傷沙汰《にんじようざた》とは一向につながってこない。

——どうも的はずれになりそうだな。

斧田がうんざりしかけたとき、ようやく松井六右衛門の話が核心にふれてきた。

「ところが、一向に表沙汰にならないことで図にのった猪口仲蔵は、新しく上役になった下山松之丞《しもやままつのじよう》という男の姉に食指をのばしたのでござるよ」

松之丞の姉は一度嫁《とつ》いだものの、亭主と折り合いが悪く、離縁して実家にもどってきていたが、まだ三十前の女盛りだった。

猪口に誘われるまま、たちまち深間にはまって城下の出合い茶屋で忍び会うのが人目につくようになった。

下山家は猪口家とはくらべものにならない名門でもあり、松之丞は上士の子弟だけが通う一刀流《いっとうりゅう》の道場で免許を受けた剣士だけに出戻りの身とはいえ姉の不行跡に黙っていられなくなったらしい。

城さがりの途上、猪口仲蔵を待ち受けて面罵《めんば》したところ、仲蔵は姉がもともと淫乱の質《たち》なのだと嘲笑《ちょうしょう》した。

激高した下山松之丞が刀を抜くのを待ち構えていたかのように、仲蔵も刀を抜きあわせた。

「見ていた者のはなしによると、勝負は一瞬のうちについたげにござる」

仲蔵の白刃《はくじん》がキラッと煌《きら》めいたかと思うと、下山松之丞は肩口から鮮血を迸《ほとばし》らせ、刀を合わせる間もなく即死したという。

「それきり猪口仲蔵は藩から逐電《ちくでん》してしもうたのでござるよ」

松井六右衛門は苦虫を嚙みつぶしたような顔になって吐き捨てた。

先に刀を抜いたのが上役の下山松之丞のほうだったことは何人もの藩士が目撃

していたから、武門の掟《おきて》では下山松之丞が仕掛けた決闘ということになってしまう。

そして、後から刀を抜いた猪口仲蔵の行為は正当防衛にあたる。

ことを荒だてては下山家が取りつぶしになりかねない。

かつ、仲蔵が藩内随一の遣《つか》い手だとわかっていたから、あえて敵討《かたきう》ちをしたいと申し出る者は一族のなかにもいなかった。

かといって藩草創のころからの名門を取りつぶすわけにはいかず、十三にしかならない弟を跡継ぎにして家名を残すことにした。

むろん、逐電してしまった猪口仲蔵は脱藩あつかいになり、家は取りつぶされてしまったという。

「ま、委細《いさい》はそういうことでな。猪口仲蔵と当藩はなんのかかわりもござらん」

松井六右衛門は扇子をせわしなく使いながらこともなげに微苦笑してみせた。

「いや、ご造作をおかけいたした」

斧田は鋭い目を松井六右衛門に向けた。

「なれば、われらの手で猪口仲蔵を処断してもよいということでござるな」

「むろん、むろん。打ち首だろうが、獄門《ごくもん》だろうが存分になされていただいて結構、なんの異存もござらん」

松井六右衛門は扇子を使いつつ、人のよさそうな笑顔を斧田にふりむけた。

「いやはや、まことにお役目ご苦労なことでござるな」

三

——半刻（一時間）後。

斧田同心は本所の料理茶屋「すみだ川」の二階の小座敷の張り出し縁に腰をかけて、眼下を流れる竪川をぼんやり眺めていた。

「旦那《だんな》。どうかなすったんですか……」

女将《おかみ》のおえいが徳利を手に声をかけた。

「なんだか、ご機嫌斜めのようですね」

「ふふ、そう見えるかい」

斧田は張り出し縁から腰をあげ、どっかと膳の前にあぐらをかいて盃を手にした。

「だって、なんだか暗い目をなすってらっしゃるもの」

おえいは斧田の盃に酒をつぎながらすくいあげるような目を向けた。

「もしかして、奥さまと痴話《ちわ》喧嘩《げんか》でもなすったんですか」

「バカいえ。ゆんべはひさしぶりにちゃんと可愛がってやってきたばかりよ」

「あら、ご馳走《ちそう》さま……じゃ、お寝間ご解禁になったんですね」

「ふふ、ご解禁とは洒落《しゃれ》たことをいってくれるじゃねぇか」

「うちのひとにもいってやってくださいな。あたしのほうはいつだってご開帳してるんですがね。あの唐変木《とうへんぼく》、とんと鈍くて、いやんなっちゃいますよ」

「ふうむ。おえいみたいな色年増がご開帳してるとありゃ、たいがいの男はダボハゼみたいにむしゃぶりついてくるはずだがな」

「ふふふ、旦那。そのダボハゼが帰ってきたみたいですよ」

トントンと階段を踏む足音がして常吉があがってきた。

「ほう、ダボハゼだけあって早速食いついてきやがったか」

「え、なんのこってす」

常吉、きょとんと二人を見やった。

「なぁに、おめぇがぼやぼやしてると、おえいはおれがいただいちまうってことよ」

「へへへ、こんなのでよかったら、いつでも熨斗《のし》つけてさしあげますぜ」

「ほうら、ね、旦那。これだもの、やってられませんよ」

おえいがわざとらしく斧田に寄り添って、これみよがしにささやいた。

「いっそ、斧田さまの囲い者にでもしてもらおうかしら」

「てやんでぇ。てめぇみたいな大年増、だれも相手にしやしねぇよ」

「あら、いってくれたわね」

「おい、常吉……」

ジロリと斧田が睨みつけた。

「猪口仲蔵みたいな年増ごろしに目をつけられてみろい。おえいみてぇなべっぴんはイチコロでしゃぶられちまうぜ」

「へへへっ、なんならおえいを餌《えさ》に年増ごろしを釣りあげてみますか」

「ちっ！　こいつ、よくいうぜ」

斧田は片目をつぶって、おえいをからかった。

「おめぇを餌にだとよ。こんな薄情もんは早いところ見きりつけちまったほうがいいようだな」

「ほんと、憎らしいっちゃありゃしない」

おえいは常吉の腿をぐいとつねりあげて睨みつけると斧田のほうに目をやった。

「けど、旦那。なんなんですか、その年増ごろしって……」

「ン……こいつよ」

懐から猪口仲蔵の人相書きを出して、おえいの膝前にすべらせた。

「人相はいかつい悪相だが、こいつの手にかかるとたいがいの年増はイチコロで、メロメロになるらしいぜ」

「こんな男が、ですか」

「ふふ、人は見かけによらねぇというからな。こいつの手にかかると、おえいもいいのいいのを尻で書く大年増、なぁんてことになっちまうらしいぜ」

「あら、いやだ。よしてくださいよ」

おえいは袂《たもと》でピシャリと斧田をぶって、トントントンと階段を勢いよく踏み鳴らして駆けおりていった。

「ちっ！　あら、いやだが聞いて呆れるぜ。熟れすぎた西瓜《すいか》みたいなケツしやがって」

「よせよせ、常吉。おえいみてぇな色年増が猪口仲蔵の好みらしいぞ」

「まさかでしょう」

「真逆《まさか》の逆《さか》ってこともあるぜ」

「え……」

四

松井六右衛門から聞いた猪口仲蔵の年増泣かせの所行をはなしてやると、常吉の目の色が変わってきた。

「へええ、お武家の後家も色事には弱いもんですねぇ」

「なぁに武家の後家にかぎっちゃいねぇみたいだぜ。商人《あきんど》の女房から百姓の寡婦《やもめ》まで仲蔵にしゃぶられてたそうだからな」

「こんな、馬面《うまづら》野郎がねぇ」

「バカ。男は面じゃねぇ、道具だぜ。この人相書きを見てみろい。こいつの鼻は孟宗竹《もうそうちく》みてぇに太《ふて》ぇだろうが」

「へ、へぇ……」

「こういう男はな。火吹き竹みてぇな道具をしてやがるもんさ」

「まるでウワバミですねぇ」

「そうよ。そんな太棹《ふとざお》をぶちかまされてみろい。男の味を覚えた年増なんぞはいちころだろうよ」

「ははぁ、だから、やつは新鉢《あらばち》の娘っ子には目もくれねぇってことか」

「ま、そういうこったろうな。新鉢なんてのは猪口仲蔵にとっちゃ、おもしろくもおかしくもねぇってところだろう」

「てぇと、こいつ、おおかた、江戸でも……」

「ああ、こういう癖はくたばるまで変わらねぇもんだ。まちがいなく猪口仲蔵は今でも年増や後家を食いもんにしてやがるにちげぇねえよ」

「けど、旦那。拐《かど》かしにあった女は年増なんてひとりもいませんぜ。みんなケツの青い小娘から、番茶も出花の生娘《きむすめ》ばかりですぜ」

「そこが味噌よ。神谷さんが小石川で助けた親子も拐かそうとしたのは十六の娘のほうで、手込めにされかけていたのは三十三の母親のほうだぞ」

「へええ、そいじゃ母親のほうが娘よりよっぽど器量よしの色年増だったんですかい」

「いいや、神谷さんの話じゃ、母親のほうは野良仕事でこんがり日焼けした百姓女だったそうだ」

「へええ……」

「ところが娘のほうは土臭いが、なかなかの器量よしだったというぜ。おめぇなら、どっちに手をだしたくなるね」

「え……へへへ、そりゃ、まぁ」

「どうしたって若い娘のほうに手をだすのがふつうだろうが」

「へ、へぇ、そりゃ……」

「な。だから小石川の一件の浪人どもは猪口仲蔵の一味で、拐かすのは手つかずの小娘のほうときめていたのよ。だから年増でも母親のほうを手込めにしようとしたんだろうな」

「そうか……」

常吉はパンと手をたたいた。

「さすがは旦那、察しがいいや」

「けっ、目明かしならそれくらいの見当をつけろい」

斧田は舌打ちして常吉を睨みつけた。

「ま、おおかた手つかずの小娘じゃねぇと高値がつかねぇんだろうな」

「…………」

「ただ、母親のほうも野良仕事で顔や手足は日焼けしていたものの胸や股ぐらは真っ白の餅肌《もちはだ》だったらしい。だから、やつらも、むらむらとなって行きがけの駄賃に手込めにしようとしたんだろう」

「そいつが、やつらの運の尽きになったってことですかい」

「ま、そういうこったろうな」

「けど、そうなると、仲蔵の後ろには拐かした小娘を高値で買い取るやつがいるってことになりますぜ」

「うむ。しかし、そんないわくつきの女は江戸じゃ買い手はいるめぇから、京か大坂、もしかすると長崎あたりにでももちこむつもりかも知れねぇな」

「けど、どうやって運ぶんです。関所はどこも出女は御法度《ごはっと》ですぜ」

「そうよな。そうなると船底にでも押し込めて連れていこうというつもりかもよ」

斧田の目が険しくなった。

「なにせ、猪口仲蔵は西で獄門首になった八文字屋喜兵衛の片腕だったそうだからな。あるいはひそかに大坂や長崎あたりの船主とつるんでるってこともありうるだろう」

「厄介なことになりそうですね」

「ともかく今のところ、仲蔵の一味は江戸にいるにちがいねぇ。これまで拐かされた娘で届けが出ているのは八百屋のおきみと隣の足袋屋のおやえ、それに横川べりで拐かされた豆腐屋の娘の三人だけだが、ほかにも自身番に届けてねぇ娘がいるかも知れねえぜ」

「へえ。そりゃまぁ……」

「どっちにしろ、二人だけですむはずはねぇだろう。仲蔵は大盗《たいとう》といわれた八文字屋喜兵衛の片腕だった男だ。この一件の裏にはなにかどでかいヤマがからんでいるような気がしてならねぇのよ」

「けど、旦那。八文字屋の片腕だった盗賊が、女の拐かしに宗旨がえするなんて、嫌な野郎ですねぇ」

「おめぇとおんなじで根っからの女好きなんだろうよ」

「よしとくんなさいよ。あっしは女房だけで手一杯、もてあましてるくらいでさ」

茹《ゆ》でたての蚕豆《そらまめ》を運んできたおえいが、階段をあがってきた。

「よくいってくれるわね。もてあますほどのことを、いつしてくれたのさ」

首をすくめた常吉の腕をぐいとつねって、おえいはトントンと階段をおりていった。

「ちっ、これだ……」

「ふふ、常吉親分もおえいにかかっちゃカタなしだな」

斧田はにやりとして、蚕豆を口にすると身を乗りだした。

「いいか、手下を何十人も使っての拐かしとなりゃ、元手もかかる。百両や二百両じゃ割があわねえだろう」

「でしょうねぇ。すくなくても数百両から千両……」

「いや、そんなもんじゃすむまい。掏摸《すり》やコソ泥ならともかく、猪口仲蔵は八文字屋という大盗の片腕だった男だ。そいつが手下をひきつれて江戸で悪事をはたらこうというからにゃ一《いち》か八《ばち》かの大仕事を狙ってやがるにちがいねぇ」

斧田の目が糸のように細く切れて、深ぶかとうなずいた。

「ただの拐かしですむはずはねぇ。まず、やつの狙いは少なくても数千両、下手《へた》すりゃ、もっとどでかいヤマを狙ってやがるかも知れねぇ」

「ですが、旦那。いくら器量よしの生娘といっても、一人頭百両か二百両の値がつきゃ、いいところですぜ」

「ちっ、世の中にはな。おめぇみてぇなケチな野郎ばかりじゃねぇんだぜ。こうと見込んだら一人の女に五百両、千両だしても惜しくはねぇってやつだっているんだ」

「へ、へぇ。そりゃ、まぁ……」

「女ばかりじゃねぇ、男もおんなじよ。一生十二俵一人扶持《ぶち》でおわる御家人もいりゃ、トントン拍子に出世して、万石取りの大名に出世するやつもいやがる」

「へへへ、まぁ、てめぇの女房を公方《くぼう》さまに献上して老中になっちまったってぇのもいやすからね」

「ふふふ、だからよ。人の値段なんてものは小判にゃかえられねぇってことよ。娘っ子一人に数百両だすやつもいたって不思議はねぇってことよ」

「数百両ねぇ。……うちのおえいにもそんな豪気な買い手がつきませんかね」

「なにぃ……」

斧田が呆れ顔で、ジロリと常吉を睨みつけた。

「おめぇ。そのうち、おえいに猫いらずを一服盛られるぞ」

「え……よ、よしてくださいよ。旦那。いまのはホンの冗談でさ」

「ともかく拐かされた娘を救いだすには、やつらの塒《ねぐら》を突き止めるのが早道だぞ」

「けど、旦那。いくら小娘といっても五つや六つの子供じゃなし、ひとつところに閉じこめておくのは厄介ですぜ」

「それよ。大事な売り物となりゃ、飯も食わさなきゃならねぇし、逃げられてもならねぇとなると、どこかに閉じこめておく塒がいるだろう」

「へい、まずは、やつらの本丸を突き止めろってことですね」

「ああ、それよ……」

斧田は口をひんまげると懐から紙入れをつかみだし、常吉の前にポンと投げた。

「銭は惜しむなよ。これにゃ、何人もの娘の命がかかってるんだ。使える小者を残らずかき集めろ。まずは下谷から本所、深川界隈《かいわい》にうろついてる浪人者や破落戸《ごろつき》どもを残らず洗ってみろ」

「合点でさ……」

「ピンピンしている娘を運ぶにはおおかた駕籠《かご》か舟を使ったに違いねぇぜ。駕籠かきと船頭も洗ってみるんだな」

「へい。そのあたりは心得てまさぁ。あっしにまかしといておくんなせぇ」

「ただし、迂闊《うかつ》に手出しはするなよ。猪口仲蔵という野郎はタダの盗人《ぬすっと》じゃねぇんだ。なんでもタイ捨流の遣い手で、神谷さんも手こずったほどの腕前らしいからな」

「ちっ！　年増ごろしが剣術遣いだなんて、落とし話にもなりやせんね」

常吉は口をひんまげて舌打ちした。

第九章　張り込み

一

富岡八幡宮《とみおかはちまんぐう》は永代寺《えいたいじ》境内《けいだい》の東にある。

深川の八幡さまと江戸市民に親しまれ、深川祭りは江戸の三大祭りのひとつになっている。

永代寺の門前町は数十万石の大名屋敷がすっぽりはいるほど広大なもので、娼妓《しょうぎ》をおいている花街もあれば待合や料理屋、水茶屋がひしめきあっていて、浅草とともに下町屈指の繁華街として昼夜を問わず賑《にぎ》わっている。

その永代寺門前の東仲町《ひがしなかちょう》に「紅屋《べにや》」という小間物屋がある。

「紅屋」の主人の伊平《いへい》は九年前まで浅草にある小間物問屋で手代をしていたが、おのぶという女中といい仲になってしまった。

二人で所帯をもって小店《こだな》をもちたいと思っているものの元手がない。

ちょうど東仲町に間口一間半の二階建ての小店が三十両で売りに出ていた。

そのとき、おのぶの身元引受人になっていた本所の常吉が女房のおえいと相談のうえ、小間物問屋の主人に店を出す元手の三十両を出してやってくれないかと掛け合ってやったのである。

常吉の顔もあり、伊平の人柄を見込んでいた主人は気前よくポンと三十両を出してくれたうえ、商品の小間物を前金なしで都合してくれたのだ。

所帯道具はおえいが出店祝いに揃えてやった。

以来、二人は常吉夫婦を徳として片時も忘れずにいる。

伊平の［紅屋］には通りの向こう側にある水茶屋［しののめ］の女中たちも紅白粉《べにおしろい》や鬢《びん》つけ油を買いに来る。

［しののめ］の女将《おかみ》の瑞枝《みずえ》は三十二の年増《としま》らしいが、とても三十路《みそじ》過ぎの女とは思えない婀娜《あだ》っぽい美人である。

ほっそりした柳腰だが、つんと張り出した臀《しり》の形もよく、うなじもすらりとしていて抜けるような白い肌をしていた。

五人いる女中たちをうまく使いこなし、店も結構繁盛している。

瑞枝は数年前までは御家人《ごけにん》の妻だったが、夫が博打《ばくち》にはまって借金で首がまわらなくなり金貸しのカタにとられた。

その借金を肩代わりしてくれた上方《かみがた》の金持ちが瑞枝の身柄を引き取り「しののめ」の女将にしたのだという。

門前町の水茶屋は参詣者の休み処《どころ》でもあるが、奥や二階にいくつか個室があり、浴室もあるから、男女の密会に使われたり、転び芸者と遊客のとりもちもするし、ときには武家や商人の内密の会談にも使われる。

瑞枝は武家の妻だっただけに身ごなしにも品があり、なかなかの美人で客の評判もいい。

常吉から猪口仲蔵の人相書きを見せられた伊平は、一目見るなり顔色を変えた。

二年前から「しののめ」の客としてきている侍とそっくりだったからである。

どこの藩士かはわからないが、上背もあり、月代《さかやき》を綺麗に剃《そ》り上げて、身なりも高価なものをつけているという。

「しののめ」の女中たちの話によると、女将の瑞枝は、その侍のことを「中村《なかむら》さま」と呼んでいるらしい。

その中村という侍のことを、瑞枝は女中たちには、昔、お世話になった大事なおひとだといっているが、中村が来ると女中たちを部屋には近づけないで自分で世話をするし、二人きりで部屋にこもり、ときには泊まっていくこともあるという。

――まちがいなく女将さんのコレよ。

おのぶと顔なじみになった女中は小指を曲げてみせた。

その中村が三月《みつき》ほど前からピタリと顔を見せなくなったと聞いて、常吉はこいつは臭いと直感した。

八文字屋喜兵衛が京で御用になったのは今年の四月十二日、符帳《ふちょう》があう。

しかも、女将の瑞枝は最近になって五日か六日に一度は、行く先も告げずに昼前からひとりで外出《そとで》し、二刻（四時間）あまりもたってから店にもどってくるらしい。

――きっと中村さまとしんねこで忍び会いしてるんだと思うわよ。帰ってきたときの女将さんのようすを見ればわかるもの。目が艶《つや》っぽくうるんじゃって、腰つきまで色っぽいもの……。

紅白粉を買いにきた［しののめ］の女中がそういっていると聞き、

――どうやら、その中村という侍は猪口仲蔵らしい……。

常吉はピンときた。

斧田同心が上田藩の用人から聞き出してきた話によると、猪口仲蔵はただ年増好みというだけではなく、後家や亭主と離別した独り身の女を巧みに籠絡《ろうらく》するすべにたけている男らしい。

瑞枝という女将は男なしではいられない女だということは常吉にも一目でわかった。

いまのところ、瑞枝の身近にはそれらしい男がいない。

——だとすれば瑞枝の外出は男に逢いに行くためだろう……。

瑞枝の男は猪口仲蔵にまちがいない。

瑞枝の外出先を突き止めれば猪口仲蔵の隠れ家にたどりつけるはずだ。

常吉は［紅屋］に下っ引きの留松を泊まり込ませ、瑞枝が外出したときに尾行し、行く先を突き止めろと命じたのである。

むろんのこと伊平もおのぶも、常吉のためならと喜んで協力してくれた。

表に面した二階の六畳間を留松の張り込み部屋に提供し、食い物はもとより、夜は寝酒まで出してくれている。

瑞枝が外出するのは昼間にかぎられているから、留松は夜はぐっすり眠れる。

その張り込みが、今日で五日目になっていた。

二

留松は通りを見通せる窓際に座りこんで、一寸ほどあけてある障子窓《しょうじまど》の隙間から［しののめ］の門口を見張りながらあくびを嚙みころしていた。

この部屋は木場の水濠《すいごう》とは目と鼻の先にあるうえ、木置場から州崎《すざき》の海岸にもひとまたぎのところにある。

潮の匂いのする風が隙間から涼しく通りぬける。つい睡魔に誘われて、とろとろしかけたときである。

［しののめ］の黒板塀の脇戸に白い影がうごいて、藍利休《あいりきゅう》の地色に白い行儀鮫《ぎょうぎざめ》の模様を染めぬいた渋い色柄の小袖《こそで》に、黒繻子《くろしゅす》の帯を吉弥《きちや》結びにした瑞枝が女中に見送られて出かけていくのが見えた。

島田髷《しまだまげ》に結い上げた髪には珊瑚珠《さんごだま》の簪《かんざし》を差し、品よく薄化粧をしている。手に小間物入れをさげ、白い紐足袋《ひもたび》に黒の塗り下駄《げた》を履《は》いていた。

——お、ようやっとお出ましかい……。

留松が素早く腰をあげ階段をおりていくと、店番をしていたおのぶがふりむいて、目を表のほうに向けてうなずいた。

暖簾《のれん》のあいだから［紅屋］の前を通りすぎていく瑞枝の横顔が見えた。

留松は尻からげしていた単衣物《ひとえもの》の裾《すそ》をおろし、頭のなかで十数えてから雪駄《せった》をつっかけると、おのぶが用意してくれてあった風呂敷包みを手に店の外に出た。

風呂敷包みのなかは［紅屋］の売れ筋の商品である御事紙《おんことがみ》と白粉刷毛《はけ》や口紅がはいっているだけである。

御事紙は閨紙《ねやがみ》ともいう房事のときに使う極上の薄紙で、留松などはもったことも、使ったこともない極上品だが、［紅屋］でも門前町の水商売の女たちにはよく売れるらしい。

帯を吉弥結びにした瑞枝の後ろ姿が汐見橋《しおみばし》の手前で左に曲がるのが見えた。

どうやら、仙台堀《せんだいぼり》に架けられた亀久橋《かめひさばし》のほうに向かうらしい。

留松はゆっくりした足取りで雪駄の足を運んだ。

尾行は留松のお手のものである。

風呂敷包みを左手に抱え、律儀な御店者《おたなもの》らしく小腰を屈めて、ゆっくりした足取りでつかずはなれず瑞枝の後をつけていった。

瑞枝は亀久橋を渡ると脇目もふらず、右手の材木置き場の前をまっすぐに通りぬけ、久永町《ひさながちょう》の角を左に折れると扇橋《おうぎばし》のほうに向かって一直線に足を運んでいる。吉弥結びにした帯の端に鉛《なまり》のおもりを仕込んであるため、歩くたびに帯が臀《しり》のうえで左右におおきくゆれる。

女の衣装の流行は人気の芝居役者の好みにあわせるもので、帯の締め方では延宝《えんぽう》のころから一世を風靡《ふうび》した女形《おやま》の上村《かみむら》吉弥が舞台で披露《ひろう》した［吉弥結び］ほどもてはやされたものはない。

絵師の菱川師宣の筆による、吉弥結びの女の後ろ姿を描いた［見返り美人図］の一枚絵は大評判になり、版画が飛ぶように売れた。

――山城《やましろ》の吉弥結びも松にこそ　其角《きかく》

歌は世につれで、俳句の季題にまで詠《よ》まれるようになり、いまでは年頃の娘はもちろんのこと、年増までが吉弥結びを好んで締めるようになっている。

着物を着た女に男の目が向くのは前は顔だが、後ろ姿は襟《えり》ぐりの白いうなじと、臀のふくらみと相場はきまっている。

往来の男の目がどうしても帯の下の臀にひきつけられるので、水商売の女たちは好んで吉弥結びをするようになったのである。

逢い引きに向かう女は野暮用で出かけるときとは足取りまで違ってくる。

黒繻子に銀色の糸で扇子《せんす》を刺繍《ししゆう》した吉弥結びの帯が、形のいい臀のうえで躍るようにゆれている。

——それにしても、なんとも色っぽいケツをしてやがるぜ……。

留松はぷりぷりと左右によく動く瑞枝の臀を目で追いかけているうちに脳味噌が熱くなってきた。

——あんな上玉の肌身を好き勝手にしてやがるのは、いってぇ、どんな野郎なんだい。

留松が頭のなかで、友禅染《ゆうぜんぞ》めの着物をひんむいた瑞枝の白い女体を組み敷いている猪口仲蔵とかいう男に妬心《としん》の炎を燃やしていたときである。

ふいに瑞枝の足が扇橋の手前で止まったかと思うと、着物の裾をつまんで橋の袂《たもと》にある石段をおりていった。

——お、おい……。

留松は泡を食ってかたわらを流れる水濠をのぞきこんだ。

瑞枝が船頭の手を借りて、舟泊めに舫《もや》ってあった猪牙舟《ちよきぶね》に乗り込むのが見えた。

瑞枝を乗せた猪牙舟は扇橋の下を抜け、櫓音《ろおと》をきしませながら、小名木川《おなぎがわ》を東に向かって舳先《へさき》をすすめていく。

　小名木川は川幅二十間（約三十六メートル）、本所深川を東西に貫いて、その東端は下総国《しもうさのくに》の江戸川《えどがわ》にまで達する水の大動脈である。

　下総の行徳《ぎょうとく》塩田の塩を江戸に運ぶ塩舟や、市川村《いちかわむら》や新田村《しんでんむら》などで採れる葱《ねぎ》や大根などの野菜を日本橋の青物市場に運ぶ川船がひっきりなしに往来する小名木川はまさしく水の街道でもある。

　瑞枝を乗せた猪牙舟は小名木川をすべるように東に向かって櫓を漕ぎすすめていった。

——ちきしょう！

　留松はまっしぐらに駆けだした。

——まさか、逢い引きに猪牙舟を使いやがるとは思わなかったぜ……。

　走りながら留松はだしぬかれた焦燥《しょうそう》と怒りで頭のなかが真っ白になった。

　扇橋を渡り、小名木川沿いの道を猪牙舟の後を追って懸命に走りつづけた。

三

「ふふふ、ま、いいやな……」

常吉は長火鉢《ながひばち》の前にあぐらをかき、煙管《キセル》をくわえて煙をふかしながら留松を見やると苦笑した。

「で、どこまで追っかけたんだ」

「へ、へい……」

膝小僧をそろえ、ちいさくなっていた留松が常吉の顔色をうかがうように目をすくいあげた。

「それが、八右衛門《はちえもん》新田のところで猪牙舟が右に折れて橋をくぐっちまったんでさ」

「ほう、八右衛門新田を右にか……」

常吉の双眸が細く切れた。

「へい……」

「あの先は砂村《すなむら》新田のところで十字に折れ曲がってるはずだ。まわりは大名や旗本の下屋敷のほかはおおかたが百姓地だぜ」

常吉は煙管の雁首《がんくび》を五徳《ごとく》にたたきつけて吸い殻《がら》を捨てると、長火鉢の引き出しから江戸市中の切絵図の束を取り出した。

「本所深川あたりてぇとこれだな……」

一枚を選び出し、畳の上にひろげた。

「見ろい。八右衛門新田をまっつぐいくと砂村新田につきあたる。右側は深川の十万坪《じゆうまんつぼ》でなあんにもねぇ明地《あけち》だ」

「へ、へえ……」

「左に折れりゃ大塚《おおつか》新田、橋をくぐってまっつぐいきゃ細川《ほそかわ》越中さまの下屋敷に突き当たる」

　常吉は切絵図を指でたどってみせた。

「越中さまの左側は松平出羽守《でわのかみ》さまの下屋敷だ。いくら下屋敷といっても、何十万石の大大名だ」

「へ、へい……けど、どっちも中間《ちゆうげん》部屋は鉄火場になってやすぜ」

「けっ！　あの女は昼の日中から博打しにいったわけじゃあるまい。男としっぽり濡れにいったんだろうが」

「へ、へぇ……あの色っぽい腰つきじゃ、それっきゃありませんね」

「けどよ、このあたりは大名や旗本の下屋敷がごちゃごちゃかたまってやがるだけで、水茶屋の女将なんぞがおいそれと逢い引きに使えるところがあるたぁ思えねぇ」

　常吉は腕組みすると険《けわ》しい目つきになって切絵図に目をさらした。

「八右衛門新田のあたりで見失ったとなりゃ、この界隈《かいわい》の旗本の下屋敷がいっち臭ぇってことになるが、旗本の屋敷となりゃ、こちとらが、おいそれと嗅《か》ぎまわるわけにゃいかねぇやな」

「すいません、親分。とんだところでドジふんじまいまして……」

「いいってことよ。なぁに、猪口仲蔵がどのあたりにもぐりこんでいやがるかがわかりゃ、それでいいのよ」

　常吉は煙管の火皿に莨《タバコ》をつめると、火鉢の灰の埋め火を掘り起こして吸いつけた。

「ま、あとはじっくりアミを張って、やつが出てくるのを待つしかあるめぇ」

「厄介なことになりやしたね」

「なぁに、あの女もこれっきりで野郎と手が切れるなんてことはあるめぇ」

　常吉は煙管をくわえながら切絵図を目で拾った。

「もしかしたら、猪口仲蔵はこのあたりの下屋敷のどこぞに伝手《つて》があってもぐりこんでやがるのかも知れねぇ……」

「親分……」

留松がもじもじと膝をおしすすめた。

「あっしの餓鬼《がき》のころからのダチに、あのあたりのお屋敷の中間部屋の賭場に顔のきく野郎がいやすが、そいつにちょいと声をかけてみりゃ……」

「よせよせ、下手《へた》に嗅ぎまわると肝心の鳥が感づいて高飛びしねぇともかぎらねぇ」

「へ、ま、そういわれりゃたしかに……」

「とりあえず、急いで八右衛門新田の界隈にだれかを張り込ませろ」

「へ、合点でさ」

「大島橋《おおじまばし》のあたりに猪牙舟を舫ってアミを張ってみるんだな。ひさかたぶりの逢い引きとなりゃ一刻（二時間）はたっぷりと仲蔵と汗を流すにちがいねぇ。うまくいきゃ、女がどこの屋敷から出てくるかたしかめられるだろう」

「わかりやした」

留松が気負いこんで腰をあげかけたとき、おえいが階段をあがってきた。

「留さん……いま、お酒の支度をしているところですよ」

「へ、へい……このつぎ、いただきますんで」

あたふたと階段を駆けおりていった。

「あら、どうしちゃったのかしら？」

常吉がくくっと喉で笑いを嚙みころした。

「いいってことよ。あいつは女に肩すかし食らってカッカしてやがるのさ」

「あら、ま……どうせ、茶屋女か、矢場のすれっからしなんだろ」

「とんでもねぇやな。元は武家の奥方だったそうだが、ふるいつきたくなるような色っぽい女よ。留松のやつ、おんなをつけながらケツに目をとられているうちにまかれちまったんだろうさ」

「へええ、あたしにゃ留松よりも、おまえさんのほうが、よっぽど、その色っぽい女にむしゃぶりつきたいような顔してるように見えるけどね」

「ちっ！　てやんでぇ。むしゃぶりつくのは、おめぇひとりで間に合ってらぁな」

「あら、さいごにむしゃぶりついてくれたのは、いつだったかしらね」

「なにぃ……」

おえいはくくくっと笑うと、腰をくの字に捻《ひね》って階段をおりていった。

第十章　隠《かく》れ蓑《みの》

一

八右衛門新田は小名木川の南岸にある。

この土地は何本かの水路と道で三ヶ所にわけられていて、水路をへだてた東南に砂村新田が、南には十万坪とよばれる広大な明地《あけち》が広がっている。

しかも、西側にも広い明地があり、東は亀高《かめたか》新田と大塚《おおつか》新田に接地しているうえ、水路が縦横に走り、舟を使うにはもってこいのところでもあった。

この八右衛門新田の一角に禄高三千三百石の大身《たいしん》旗本、逸見《いつみ》惣兵衛《そうべえ》の下屋敷がある。

今は御畳奉行《おたたみぶぎょう》の役職にあるが、実務はもっぱら畳方手代にまかせっぱなしの気楽な身分であった。

主人の惣兵衛は入り婿《むこ》で、気の強い妻女《さいじょ》の菊乃《きくの》のいいなりだった。

長子の直春《なおはる》は二十歳になるが、いまだに妻《めと》も娶らず、深川の花街通いと博打好《ばくち》きで素行がとんとおさまらない放蕩児《ほうとうじ》だった。

下谷の上屋敷にはたまに母親に金を無心するときに帰るくらいのもので、ほとんど寄りつかずに八右衛門新田の下屋敷に入り浸っている。

下屋敷を預かっている用人の天野《あまの》平内《へいない》は菊乃の叔父で四十一歳になるが、蓄財に目がない男だった。

猪口仲蔵は三年前に江戸にきたときに逸見家の惣領《そうりょう》の直春と賭場で知り合い、直春が深川の破落戸《ごろつき》に因縁《いんねん》をつけられたとき始末してやったのがきっかけで腐れ縁ができた。

大身旗本逸見家の下屋敷は町方役人の手が出せない格好の隠れ家だった。

直春の口利きで用人の天野平内を金で籠絡《ろうらく》し、江戸に出てきてからは逸見家の下屋敷を一味のつなぎ場所に使うようになった。

下屋敷の一角を借り受け、台所と風呂もついた二間つづきの離れを造り、小助《こすけ》という一味の一人で六十過ぎの穏やかな人相をした年寄りを下男がわりにしている。

小助は大坂の料理屋で包丁人をしていただけに飯の支度もできるし、なにより人あたりも如才《じよさい》がない。

もう荒仕事はできないが、口は堅いし、いまさら堅気にもどる気もない、使い勝手のいい男だった。

下屋敷に勤めている家人はもとより女中や中間《ちゆうげん》から門番にいたるまで、平内とおなじく金をあたえれば文句ひとついわない。

仲蔵は用心深く、おのれと配下の者との連絡は小助を通じてとることにしている。

腹心でもある蟹の又佐や牛若の半次郎、河童の孫六の三人は市中のあちこちにそれぞれ塒《ねぐら》をもっている。

ほかの一味の者は江戸御府内から遠く離れた江戸川沿いの下総の市川村にある逸見家の別邸を借り受け、そこを塒にして住まわせている。

その別邸の裁量は腹心の蟹の又佐に仕切らせてある。

むろん、瑞枝はときおり下屋敷に来て、仲蔵との房事に一刻（二時間）あまりを過ごすが、又佐や半次郎の顔も名前も知らない。

逸見家の知行地は下総にあるため、舟を何艘ももっていた。

仲蔵は逸見家が所有している屋根船一艘と川船を一艘と猪牙舟《ちよきぶね》を一艘、天野平内から借り受けて自由に使っている。

舟には逸見家の家紋を染め抜いた幟旗《のぼりばた》を船首に立てているから、川船改役《あらためやく》の役人に咎《とが》められることはないという利点がある。

むろん、猪口仲蔵は天野平内を通じて川船改役の役人に抜け目なく賄賂《わいろ》を使い、目こぼしをしてもらうようにしてあった。

江戸は運河の町である。

江戸市中には運河がはりめぐらされ、あらゆる物資は川船で運ばれ、運びだされる。

坂が多く、牛車や馬車は往来に難渋するし、また、大名や旗本が供を従えて通るため、荷車で運ぶのも苦労する。

江戸には毎日、青物や鮮魚、塩干物、材木などが大量に運びこまれるし、百姓が肥《こえ》につかう糞尿も運びだされる。

それらの搬入搬出には川船を使うのがなによりも便利で、道塞ぎにもならない。

小名木川は隅田川、荒川《あらかわ》、中川《なかがわ》、江戸川を東西につないで流れる運河である。

猪口仲蔵はどこに行くにも川船を使った。

船頭は河童の孫六で、櫓《ろ》や帆《ほ》も自在に操るし、仇名《あだな》どおりに泳ぎも達者だった。瑞枝の送り迎えも孫六がするから、尾行していた下っ引きの留松が小名木川であっさり振り切られたのも当然のことだった。

二

瑞枝は小普請組配下で百二十俵扶持《ぶち》の村井直次郎《むらいなおじろう》という御家人《ごけにん》の妻だった。村井直次郎は小心で、おもしろくもなんともない平凡な男だった。房事にも淡泊だったせいもあり、子も産まれなかった。

そんな夫が三年前、博打にはまってしまい、蔵前の札差からの借金で首がまわらなくなった。

瑞枝も内職していたが、それくらいでは暮らしも立ち行かなくなった。切羽《せっぱ》つまった夫は田島屋《たじまや》久兵衛《きゅうべえ》という町の金貸しから瑞枝をカタに三十五両の金を借りてしまったのである。

むろん、返せるわけはない。

田島屋久兵衛は証文どおり、瑞枝の身柄をもとめた。

夫に愛想をつかしていたこともあったが、瑞枝は金貸しの妾《めかけ》になることを拒《こば》もうとはしなかった。

実家も十二俵一人扶持の貧乏御家人で、家にもどったところで兄夫婦から厄介者にされるだけだった。

離縁状とひきかえに借金を棒引きにした田島屋久兵衛は七十を過ぎた老人で、いまさら瑞枝を妾にするつもりはさらさらなかった。

小禄の旗本や御家人に金を貸しつけるときは、相手に器量よしの娘や、若い妻がいる場合にしか金は貸さなかった。

小旗本や御家人風情が所持している先祖伝来の刀や甲冑《かっちゅう》など、今は二束三文、元値にもならない。

ただ、商人のなかには武家娘や、武家の妻女を手活けの花にしてみたいという者がいくらでもいて、結構な高値で売れる。

また、貧乏暮らしにうんざりしていた武家の女のなかには金で肌身を売るのを厭《いと》わない者がいくらでもいたのである。

田島屋久兵衛は浪人者でも見目よい娘や妻女がいる者には金を貸しつけ、カタにとった娘や妻女を女衒《ぜげん》の手で色好みの商人や花街に売りつけてたんまり儲《もう》けていた。

瑞枝をカタにとったとき、田島屋久兵衛はこれは高値で売れると一目で見抜いた。

そのころ瑞枝は二十五歳、子を産んだことがないだけに水っ気たっぷりで、武家の出だけに品があり、なかなかの美人でもある。

――それに、なによりも……。

挨拶に顔をだした瑞枝の目元、腰つきに生来、色好みの質を秘めていると、久兵衛は見てとった。

夫の村井直次郎は酒と博打に身をもちくずし、顔も貧相で、躰も脆弱《ぜいじゃく》な男だった。

おそらく亭主には飽き足りない不満をかかえている女だとわかった。

久兵衛が貸しつけた金は三十五両だったが、利子とあわせると六十両にもなり、到底払いきれなくなった。

そこで久兵衛が借金を棒引きにし、さらに十両を上乗せするという条件で村井直次郎は瑞枝の身柄を差し出したのである。

瑞枝を引き取った久兵衛は何度か瑞枝の肌身を賞味して、自分の目利きに狂いはなかったことを確信した。

瑞枝は七十を過ぎた久兵衛のたっぷり時をかけた丹念な愛撫に敏感に反応し、幾たびとなく喜悦の声を放ったのである。

――掘り出し物だ。

そう確信した田島屋久兵衛は焦《あせ》らず、出入りの女衒の何人かに値踏みをさせた。一人の女衒は五百両の高値をつけた。

そのころ、猪口仲蔵は八文字屋喜兵衛とともに京にいたものの、万一に備えて江戸に隠れ家をもとうとしていたところだった。

隠れ家をもつからには安心のできる女をおいておくのが格好の隠《かく》れ蓑《みの》にもなるし、身の安全にもなる。

できれば仲蔵好みの色年増《いろどしま》で、水茶屋の女将《おかみ》でも務まりそうな目端《めはし》のきいた女が望ましい。

江戸に下った仲蔵は、女衒が下見のために連れ出した料理屋で瑞枝を見て、その器量も、躰も、気性も水商売に向いていることを一目で見抜いた。

三

五百両の言い値を四百五十両に値切って瑞枝を田島屋久兵衛から買い取った仲蔵は、深川の永代寺門前東仲町に八十両で売りに出ていた水茶屋を居抜きで買い取った。

店は門前町のはずれの路地にあって、客足はそれほどない場所だった。

そのことが仲蔵にとっては隠れ蓑にはもってこいだったのである。

大工をいれて店を小綺麗な造りにすると、店の名も「しののめ」にして、藍染《あいぞ》め屋に暖簾《のれん》を頼んで瑞枝を女将にした。

数人の女中たちの人選も瑞枝にまかせた。

仲蔵は八文字屋喜兵衛の片腕をしているあいだに千三百両の隠し金を作り、大坂と江戸の金貸しに預け、利子を稼いで二千八百両にふやしていた。

仲蔵は何度か江戸に下って「しののめ」を訪れたが、店ではあくまでも客として振る舞い、瑞枝を抱こうとはしなかった。

瑞枝を抱くときは外の出合い茶屋か、自分の塒に呼び寄せることにしている。

仲蔵が見込んだとおり、瑞枝は男を堪能させる官能を秘めた女体の持ち主だった。

はじめて瑞枝を抱いたときから、瑞枝の女体は仲蔵の一挙一動に敏感に反応し、どんな体位にも怯《ひる》むことなくこたえた。

それでいて床を離れ、着衣を身にまとうと、一変して武家の女らしく一分の隙もない身ごなしに変貌する。

仲蔵も房事には貪欲な男だが、だらだらとけじめのない女は鼻についてくる。

瑞枝は［しののめ］の女将として客に応対するときと、仲蔵と臥所《ふしど》をともにするときとの使い分けを心得た女だった。

――これは拾いものだ……。

こんな女はめったにいないと、いろんな女体を知りつくしている仲蔵も瞠目《どうもく》した。

＊　＊

猪口仲蔵は十七のとき、はじめて女体を知った。

相手は組長屋で台所女中に雇っていた三十二になる寡婦《やもめ》だった。

その女中は愛嬌《あいきょう》のある丸顔で、色白の肌をしていたが、手足は太く、両手にあまるほど大きな臀《しり》をした女だった。

抱いたというより、どちらかというと仲蔵のほうが抱かれたといったほうがよい。

その女中は二年たらずで再婚先ができて去っていった。

そのころ仲蔵は両親も亡くし、兄弟もいないひとり暮らしで、家督も継いで少しぐらいの小遣《こづか》いは扶持のなかからひねりだせたから、城下の花街で娼婦を買う日々だった。

男としても精気盛んな年頃でもあり、一夜に何度も繰り返し女を抱いた。

しかし、肌身をひさぐのが商売の娼婦は躰が元手だけに、どちらかというと淡泊な男のほうを好む。

仲蔵はしつこいといわれて、どんな娼婦からも敬遠された。

だからといって家中の上士のように妾を囲うほどの金《かね》はない。

やむをえず仲蔵は亭主と死別して空閨《くうけい》をかこっている寡婦《かふ》や、亭主にかまってもらえず身をもてあましているような女房を狙っては閨盗《ねやぬす》みを繰り返した。

寡婦も女盛りをもてあましている身だから相身互《あいみたが》いである。

それに女房を寝取られるのは亭主のほうが悪いからだと思っていた。

猪口仲蔵は自分の面相が女にもてないことを知っているだけに女に惚《ほ》れたこともないし、惚れられたいと思ったこともない。

男と女の仲は、躰をつなぎあわせてウマがあうかどうかだけだと仲蔵は思っている。

上田藩を脱藩する羽目になった上士の姉とも、そういう仲だった。

仲蔵も独り身、向こうも出戻りで独り身、どっちも相身互い、貸し借りなしだと仲蔵は思っていた。

その考えはいまだに変わらない。

瑞枝は情事には貪欲だが、金には淡泊な女だった。

仲蔵が何をしているのかを、これまで一切詮索《せんさく》したことがない。

武家の身分などというものが、どんなにあやふやなものかを瑞枝は知り抜いている。

商人は所詮《しょせん》、銭の亡者に過ぎないことも知っている。

——いまがよければ、それでいい。

そういう女だった。

ただ、仲蔵はどういうわけか、瑞枝を知ってから、ほかの女と寝たいという気がしなくなった。

惚れたというわけではないが、妙にウマがあうのである。

もっとも、それがいつまでつづくかは仲蔵にもわからない。

四

――その日の夕刻。

猪口仲蔵は鼠色《ねずみいろ》の肌着のままであぐらをかいて脇息《きょうそく》に肘《ひじ》をあずけたまま、部屋の片隅で身なりをととのえている瑞枝の後ろ姿を眺めていた。

さっきまで敷かれていた夜具は瑞枝がきちんと畳んで押し入れに収めてしまった。

瑞枝は情事のときはあられもなく乱れても、あとに微塵《みじん》の気配も残さないようにして帰る女だった。

後始末に使った御簾紙《みすがみ》は切れ端ひとつ残さず集めて厠《かわや》に捨てる。

——立つ鳥あとを濁さず……。

さすがに武家の出だけのことはあるな、と仲蔵は瑞枝のそういうところも気にいっている。

藍利休《あいりきゆう》の小袖《こそで》に黒繻子《くろしゆす》の帯を吉弥結《きちやむす》びに締めた瑞枝は、片膝をついて白足袋《しろたび》の括《くく》り紐《ひも》を結んでいた。

櫛目《くしめ》をいれて整えた髷《まげ》に珊瑚珠《さんごだま》の簪《かんざし》を刺し、綺麗に薄化粧をした瑞枝の横顔は大身旗本の奥方のような気品さえ感じられる。

つい四半刻前まで、仲蔵の躰に白い四肢をからめ、喜悦の声をあげつづけていた濃艶《のうえん》な姿態は微塵もない。

——女というのは、なんとも見事に化けるものだな……。

仲蔵はつくづく感心した。

「なに、見てらっしゃるんです」

足袋の紐をくくりおえた瑞枝が腰をあげながら目をすくいあげた。

「ふふふ、いや、つい、いましがたまでひいひい囀《さえず》りっぱなしだった鶯《うぐいす》はどこへいっちまったのかと思ってな」

「ま、いやな……」

瑞枝は婀娜《あだ》っぽい目で仲蔵を睨《にら》みつけた。

「その鶯をさんざんいじめて囀らせたのはどこのどなたです……」

「よういうわ。まだ、まだとせがんで、おれを責めたてたのは鶯のほうだろう」

「さぁ、そのような覚えはございませぬ」

「ふふふ、あれだけ汗をしぼれば水気も涸《か》れるかと思うたが、おまえは、まだまだ水気たっぷりのようだの」

「ようも、そのような勝手なことをもうされますな……」

瑞枝は揶揄《やゆ》するような目ですくいあげるように仲蔵を見やった。

「もう五日のうえも梨《なし》の礫《つぶて》でほうっておかれたんですよ。朝顔ならとうに水気が切れて花もしおれてしまいますわ」

「なんの、ほうっておいたわけではない。ちと、忙しくて暇がとれなんだだけだ」

「あら、また新しいおなごにでも目をおつけになったのですか」

「それはない。わしはおまえだけで手一杯よ」

「さぁ、どうですかしら……」

「偽りではないぞ。これまでいろんなおなごを抱いてきたが、おまえほどのおなごはめったにおらぬ」

仲蔵は腰をあげて瑞枝に歩み寄ると、背後から腕をまわし、襟《えり》から胸前に手をさしいれた。

「いけませぬ……」

瑞枝は着物のうえから仲蔵の手をおさえて振り向いた。

「また、帰れなくなるではありませぬか」

「ほう、これこのように乳首が粒だって兆《きざ》しておる」

仲蔵は腕を前にまわし、藍利休の裾《すそ》をかきわけた。

「おやめくださいまし……そのような」

「よいではないか。しばらくは逢えぬことになりそうだからの」

「もう、そのような意地悪を……」

その唇を仲蔵の口がふさいで、舌を強く吸いつけた。

瑞枝は双の腕を仲蔵のうなじに巻きしめて白い喉をそらせると、腰をおしつけて仲蔵の愛撫に身をゆだねた。

「よいか。今度の仕事がおわったら、おまえを琉球に連れていってやるぞ」

「え……」

「琉球はよいぞ。冬も暖かで……雪も降らぬし、江戸のように空《から》っ風も吹かぬ」

ささやきながら仲蔵は瑞枝を抱きかかえたままゆっくりと腰を落とし、あぐらのなかに抱えこんだ。

「このままでは、着物が皺《しわ》に……」

「なに、たまには昆布巻《こぶま》きも乙《おつ》なものだ」

「もう、おまえさまは……」

第十一章　江戸川越え

一

下谷御成街道沿いで、古くから武具商を営む［武蔵屋］という老舗《しにせ》がある。

将軍家、御三家はもとより、諸大名、旗本にいたるまで顧客にしていて、刀剣や槍《やり》、薙刀《なぎなた》、甲冑《かっちゅう》、馬具などの一級品を取りそろえていることで知られている店である。

主人の幸右衛門《こうえもん》は五十三歳の壮年で、温厚な人柄は使用人の信頼も厚く、武具の目利きとしても知られていた。

家族は妻と、息子夫婦、それに十九になる娘がいる。

奉公人は通いの番頭と手代のほかに、まだ十代の丁稚《でっち》が二人、それに女中頭《がしら》のおいねと二人の女中を合わせて五人が住み込みで働いている。

　おいねだけは台所脇の三畳間をあたえられていたが、丁稚と女中はそれぞれ四畳半の部屋に二人ずつ寝ることになっていた。

　その日、草木も眠るという丑三《うしみ》つ時のことである。

　商売仲間の寄合で酒に酔ったせいもあって熟睡していた幸右衛門は、何やらひんやりしたもので頰をピタピタと叩かれて目をさました途端、双眸を射つぶすような眩《まぶ》しい光に目が眩《くら》んだ。

　――強盗提灯《がんどうぢょうちん》……！

　幸右衛門は武具屋だけに、すぐにその眩しい光源の正体がわかった。

　同時に刃《やいば》の鋒《きつさき》が眉間《みけん》に突きつけられ、低く太い声がした。

「死にたくなくば声を出すな」

「…………」

　幸右衛門は無言でうなずいて、かたわらの夜具に寝ていた妻に目を走らせた。

　妻はすでに布で目と口をふさがれ、手足も縛られて夜具の上に転がされていた。

　もう四十四歳になる妻の大きな臀《しり》が、まるで芋俵《いもだわら》のように見えた。

「案ずるな。もらうものをもらえばだれにも傷はつけぬ。わかったな」

　男はくぐもったような低い声で威圧した。

ようやく光に目が馴れるにつれ、男が鼠色《ねずみいろ》の目だし頭巾《ずきん》をかぶっているのが見えた。

目だし頭巾は目のところだけあいていて、鼻や口はふさいである頭巾である。

首から下は黒装束に身を包み、黒い脚絆《きゃはん》に黒足袋《くろたび》をつけている。

六尺（百八十センチ）近い長身の侍だった。

かたわらに配下らしい筋骨たくましい中肉中背の黒装束の侍がいた。

もう一人、ずんぐりした小柄な侍が頭領の背後にひっそりと控えていた。

「刀簞笥《かたなだんす》と蔵の鍵を渡してもらおう。欲しいのは刀剣と槍、それに薙刀だ」

頭領らしい侍は低い、落ち着いた声でそういった。

幸右衛門は夜具の下から刀簞笥の鍵と、蔵の鍵をとりだして畳の上においた。

小柄な侍が鍵をつかみとると、中肉中背の侍がゆっくりと幸右衛門の背後にまわった。猿轡《さるぐつわ》をかけ、後ろ手に縛りあげると、足首にも縄をかけた。

さいごに手ぬぐいで幸右衛門も目隠しをされた。

――これで武蔵屋も終わりだ……。

絶望感がひしひしと胸をしめつけた。

「ふふふ、われらはなにも根こそぎもらおうとはいわぬぞ。刀剣を五十振り、それに短槍と薙刀だけでよい。千両箱もいらぬ。なにせ、重いからの」

「！……」

幸右衛門は耳を疑った。

――いったい、どういうことだろう……。

「ただし、夜があけても、騒ぎたてるな。おとなしくしていれば人質は返してやる」

――人質！

幸右衛門はもがき、焦《あせ》った。

「ううう っ……」

「娘と女中を二人、預かっていく。夕方まで静かにしておれば無事に帰してやる。よいな。わかったか」

頭領の声は低く、落ち着いていたが、幸右衛門には悪魔の声のような気がした。

――千恵《ちえ》！

十九になったばかりで下谷小町という評判の娘の顔が幸右衛門の脳裏をよぎり、幸右衛門は悲痛な呻《うめ》き声をふりしぼった。

頭領の当て身が容赦なく、幸右衛門の脾腹《ひばら》にたたきこまれた。

二

盗賊はたちまちのうちに手分けして刀簞笥と土蔵から刀剣や短槍、薙刀を取り出すかたわら、猿轡をかけ、縛りあげた息子夫婦や奉公人たちを容赦なく幸右衛門夫婦の寝間に集めた。

娘の千恵と、まだ二十歳《はたち》前後の女中二人は当て身を食らって昏倒《こんとう》していた。

その三人を盗賊は用意してきた布団袋に容赦なく手足を折りたたんで荷物のように無造作に詰め込んでしまった。

「三人とも、なかなかの上玉ですな」

配下の小柄な侍が頭領にささやきかけた。

「うむ。これで注文どおりに頭数がそろったようだな」

「さよう。刀も武蔵屋だけあって、どれもなかなかの上物《じょうもの》ぞろいでしたよ」

「槍と薙刀は思うたほど数はなかったが、ま、よしとするか」

「なぁに、向こうが一番欲しがっていた花嫁人形が集められたんだ。文句はありますまいよ」

「よし、そろそろ引き上げるぞ」

頭領が一味の者に声をかけておいて、幸右衛門の妻に凄《すご》みのある脅しをささやいた。

「よいな。ご内儀……娘が可愛かったら、騒ぎたてぬことだ」

幸右衛門の妻は恐怖に身を竦《すく》めながら、懸命にうなずいた。

三

その座敷の床下に黒い蜘蛛《くも》のような影が身じろぎもせずに身を屈めて、頭上からかすかに聞こえてくる頭領の声に耳を傾けていた。

蜘蛛のような人影は盗賊とおなじく黒い目だし頭巾に黒装束、黒脛巾《くろはばき》に黒足袋という装束だったが、腰に携《たずさ》えている刀は侍が使う大刀より短く、小刀よりは長めの、忍び刀と呼ばれているものである。

足袋の裏は黒く染めた鹿皮《しかがわ》の裏皮が使われている。

鹿皮は牛皮よりしなやかで、裏皮は滑りにくいため、忍び働きに役立つからである。

これは公儀黒鍬組の隠密が忍び働きのときに身につける装束であった。

背丈は男にしては小柄で、躰つきは女のように丸みを帯びている。

そのとき、遠くから梟《ふくろう》の声がかすかに床下に伝わってきた。

それを耳聡《みみざと》く聞きとった黒装束はすぐさま音もなく床下を移動しながら、蟋蟀《こおろぎ》の鳴くような澄んだ音を口元から発した。

武蔵屋の床下は広く、ざっと三百坪近くはある。

床下の土は乾いていて、移動すると足跡が残る。

黒装束は後ろ向きになって移動しつつ、懐《ふところ》から出した布で足跡を手早く掃《は》きながら消していった。

間もなく床下から裏庭の縁側の下に出ると、ちらと左右に目を走らせ、鼬《いたち》のような素早さで裏庭を横切り、植え込みの陰に走りこんだ。

また、梟の声がほっほっほう～ともの悲しげに伝わってきた。

黒装束は口元に指をあてると蟋蟀のような澄んだ音を返し、裏庭の木立を縫って土塀のそばまで走ると、ムササビのように宙を飛んで土塀の上の瓦《かわら》に乗り移って越えた。

武蔵屋は下谷御成街道に面し、隣家は太物《ふともの》を扱う富商で母屋《おもや》は大屋根になっている。

黒装束は栗鼠《りす》のようにすばしこく土塀伝いに隣家の大屋根に飛び移った。

大屋根の鬼瓦《おにがわら》の陰に潜んでいる黒装束が梟のような鳴き声を発した。

大屋根の斜面を栗鼠のように走って近づくと、鬼瓦の陰に潜んでいた白い顔が笑みかけてきた。

「おもんさん……」

「小笹《こざさ》……やつらの抜け荷の獲物は武器と女のようだよ」

二人の声は虫の鳴き声のようで、通常の者には聞き取れないほど低い。

「ええ、そのようです。いま、やつらが引き上げていくところです」

小笹とよばれた女忍《にょにん》が眼下の路地を目でうながした。

二十人あまりの黒装束の一団が、数人ずつに分散して、暗い路地を疾風《はやて》のように走り去っていくのが見えた。

それぞれ肩に長い荷物をかついでいる。

「あれは刀と槍のようですね」

「ほかに娘と女中を二人、人質にしている」

「あ……あれですね」

小笹が目で眼下をうながした。

三人の男が俵のような大きな荷物を担いで走り去っていくのが見えた。

「ああ、布団袋か、米俵のようだが、小娘なら楽にはいりそうだよ」

「むごいことをしますね」

「あいつらにとっちゃ人も獲物のうちなんだろうね」

おもんは吐き捨てるようにいった。

「南に向かっているところをみると、筋違橋《すじかいばし》と和泉橋《いずみばし》のあいだあたりで舟に乗るつもりのようだ」

「となると、大川に出て下り、小名木川に入るにちがいありませぬ」

「思うていたとおりだ。小笹……行くよ」

「はい」

二人はたちまち栗鼠か鼬のような素早さで大屋根を音もなく走りおりると、すぐに次の商家の土塀に飛び移った。

曲者《くせもの》の一団は数人ずつに分かれ、路地から路地を巧みに抜け、堀端に向かった。

四

その翌日のことである。

篠は小石川の御簞笥町《おたんすまち》で簞笥屋を営んでいる妹夫婦に初子が生まれたというので祝い物を届けに出かけていた。

神谷平蔵は朝から患者もこないので薬研《やげん》で生薬を調合していると、玄関で女の訪《おとな》う声がした。

患者かと思って出てみると、［桔梗や］のお糸が暗い表情で佇《たたず》んでいた。

「どうした。どこぞ具合でも悪いのか」

訊《き》いてみると、もじもじして、なにやら迷っているようすだ。

「なにか心配事か……ン？　なんでも遠慮なくいってみろ」

気さくに促してやると、口ごもりながらようやく重い口をひらいた。

お糸は叔母といっしょによく下谷に買い物に行くが、半年前、小間物屋で簪《かんざし》を買おうとして迷っていたとき千恵という娘に声をかけられた。

千恵は御成道の武具商［武蔵屋］の娘だったが、お糸より一つ年上の十九歳で、年が近いせいもあってか初対面にもかかわらず、おたがいウマがあった。

以来、千恵は江戸に不案内のお糸を誘っては浅草や下谷界隈《かいわい》のいろいろな店に連れていってくれるようになった。

おまけに千恵は人見知りをしない活発な気性で、ひっこみ思案のお糸を妹のように思うらしく、お糸もなにかにつけて千恵を頼りにするようになった。

今朝、五つ半（九時）ごろ、お糸は浅草の観音さまにお参りにいってくると叔母に断って、途中、武蔵屋に千恵を訪ねたところ、どうもようすがおかしい。

千恵は留守だというが、どこにいったのかと女中頭のおいねに訊いてみても、しどろもどろではっきりしない。

病いで寝込んでいるのかと心配になって、母親の里江《りえ》に会わせてほしいと頼んだが、千恵は気分がすぐれず寝ているという。

お見舞いしたいといってみたが、会いたくないと断られた。

いつも里江は笑顔で迎えてくれるのにおかしいなと思って帰りかけ、店のほうを見たら、帳場の前で八丁堀の斧田同心が主人の幸右衛門と向かいあっているのが見えた。

幸右衛門は暗い表情でうつむいているし、斧田はぶすっと渋い顔をしていたという。

「ほう、斧田さんが店に来ていたのか」

「きっと、お千恵さんに何かあったんです。だって、どこにいったかはっきりしないなんておかしいもの……」

いつもは控えめなお糸がムキになって平蔵に訴えた。

「ふうむ……」

これには、さすがに平蔵も困惑した。

たしかに、お糸が親しい友の身を気遣《きづか》うのも無理からぬことだ。

斧田が出向いてきたというのは、武蔵屋に何か異変があったからだと考えられる。定町廻り同心は、なにごともないのに商家の、それも江戸でも名の知れた老舗の主人と面談するようなことはめったにない。

近所の耳目《じもく》にも聞こえは悪いし、顧客への風聞にもさしさわる。斧田はそのあたりの気遣いはだれよりも心得ている同心である。

しかも、二人が和気藹々《わきあいあい》と歓談していたというのならともかく、お糸のような小娘の目にも二人のようすが異様に映ったというのは武蔵屋に、

——なにかがあった……。

とみていい。

それに、なによりも千恵という娘の行く先を店の者、ことに女中頭が知らないというのも異常なことである。

長屋の小娘ならともかく、武蔵屋ほどの老舗の娘は武家の娘とおなじく、ふらふらと勝手に出歩くなどということは許されないはずである。

ことに、いまは江戸市中で若い娘の拐《かどわ》かしが横行している。

お糸も危うく浪人の手込めにあいかけているし、過日も小石川で百姓娘が拐かされようとした。そのときは運よく平蔵と柘植杏平が居合わせて助けることができたが、ひとつまちがえば母親は犯され、娘は攫《さら》われていただろう。

お糸が心配するのも無理からぬことだった。

――とはいえ……、
平蔵は斧田のような同心ではなく、一介の町医者である。

いくら、お糸に相談されたからといっても武蔵屋にのこのこ出向いて、お宅の千恵という娘御《むすめご》はどうかなされたのかと訊くわけにはいかない。

「よしよし、あとはおれにまかせておけ」

お糸をなだめておいて手早く身支度をととのえると、門前町の［桔梗や］まで、お糸を送り届けた。

五

――さて、どうしたものか……。

思案しながら、根津権現の境内《けいだい》を通りぬけようとしたとき、茶店の縁台で休んでいた手甲《てっこう》脚絆に饅頭笠《まんじゅうがさ》をかぶった旅装の娘が待っていたように腰をあげて声をかけてきた。

「神谷平蔵さまですね」

「うむ……」

「おひさしゅうございます。もう、お見忘れでしょうが、おもんさまにお仕えしている小笹でございますよ」

ささやきながら、帯のあいだから「爪《つめ》」を取り出して平蔵に見せた。

平蔵はまじまじと娘の顔を見返した。

「おお、あのときの……」

平蔵はおおきくうなずいて目を瞠《みは》った。

――もう数年も前のことである。

三河町《みかわちょう》にある黒鍬者の隠れ家で、おもんの下についてまめまめしく働いていた小娘がいた。

「ううむ……あのころは背丈もちいさく、目ばかり黒々とした小柄な子だったが、よう育ったものだの」

「ま……」

小笹は饅頭笠の陰で忍び笑いをもらした。

「ふうむ……」

あのころ、平蔵は新石町の長屋でひとり住まいをしていたが、深夜、曲者に襲われて傷ついて濠《ほり》に飛びこんで、間一髪、難を逃れたおもんを助けてやったことがある。

傷ついたおもんを負ぶって三河町にある黒鍬組の隠れ家に運びこんで刀傷を治療してやったが、そのとき、甲斐甲斐《かいがい》しく治療を手伝った少女が小笹だった。

あのころは、まだ十二、三のか細い躰つきをしていた。

それが、いまは背丈もおもんとさして変わらないほどになって、胸も腰も肉がついてふっくらとしてきている。

——あれから、もう数年になるか……。

地味な唐桟縞《とうざんじま》の小袖《こそで》を裾《すそ》からげにした小笹を見つめ、平蔵は、光陰矢のごとしとはよくいったものだと思わず苦笑した。

——それにしても……、
おもんが小笹を使いに寄越したからには、のっぴきならぬ事態に遭遇したのだろう。

「おもんさまが、これを……」

小笹が差し出した文《ふみ》を一読した平蔵の表情が険《けわ》しくなった。

文によると、昨夜、武蔵屋に侵入した盗賊の頭領は猪口仲蔵で、一味は奪った刀剣や短槍、薙刀、それに人質にした娘の千恵と二人の女中を用意してあった二艘の上荷船《うわにぶね》の船底に隠して小名木川を東上し、江戸川を遡《さかのぼ》って下総の市川村まで運んだということだ。

あらかじめ一味が船を使うことを予測していたおもんは黒鍬組船手係の藤川《ふじかわ》俊平《しゅんぺい》に猪牙舟を昌平橋《しょうへいばし》下に舫《もや》わせ、待機させてあったらしい。

案の定、一味が上荷船で小名木川に向かったので、おもんは小笹とともにひそかにそのあとを追ったという。

そして、上荷船が江戸川を越えて市川村にはいったところで、おもんは小笹に文と、目印の［爪］を託し、藤川の猪牙舟で平蔵のもとに向かわせたのだという。

おもんの文には一味の隠れ家は旗本の別邸で、二十人あまりの浪人者がひそんでいるが、朱引《しゆび》き外にあるので町奉行所は手出しできないと認《したた》めてあった。

しかも、一味の抜け荷の取り引きは近いようすで事態は切迫しているらしい。

朱引き外というのは南北両奉行所の手がおよばない江戸市中の外ということである。

「いま、おもんはひとりなのか」

小笹は無言でうなずいて、縋《すが》りつくような目をした。

「手助けしてくださいましょうか」

「おもんには何度も危ないところを助けてもらっておる。行かずばなるまいよ」

「ありがとうございます」

「おもんの居場所は藤川どのが知っておるのだな」

「はい。江戸川べりに住む者がいなくなっていた百姓家がありましたので、そこを塒《ねぐら》にすることにいたしました」

「よし、わかった。ともかく、この着流しのままではどうにもならん」

小笹を連れて自宅に向かった。

小笹によると市川村は谷津《やつ》が多く、湧き水の川があちこちに流れていて、松林や雑木山がいたるところにあるという。

小笹に手伝わせ、裁着袴《たつつけばかま》をつけて鹿皮の足袋を履《は》いていると、篠が柘植杏平と露を伴って帰宅してきた。

御箪笥町の妹夫婦から出産祝いのお返しに鯛《たい》の塩焼きをもらったので、柘植たちを誘っていっしょに夕飯を食べようと連れてきたのだという。

「ほう。その身支度のようすだと、また何か厄介事をしょいこまれたようですな」

平蔵の身なりを一目見て、柘植の顔がひきしまった。

六

篠が手早く用意した鯛茶漬《ちゃづけ》をかきこみながら柘植杏平にこれまでのいきさつを話した。

「ふうむ。向こうが二十人余ともなると神谷どののひとりでは手にあまろう。それがしも一枚くわえていただこう」

「それはありがたい。なにせ、向こうには拐かされた娘が人質になっております
ゆえ、そこが、ちと厄介……」

「その、おもんとかもうす女忍は修羅場《しゅらば》馴《な》れしておるのかな」

「それはもう……いまどきの城勤めの侍などとはくらべものになりませぬな。そ
れがしも何度か命の危ういところを助けてもろうたことがござる」

「ほう……となると、こっちは三人ということか」

「いや、もうひとり……」

平蔵はかたわらに控えている小笹を目でうながした。

「この小笹も黒鍬の女忍ゆえ、並の侍より頼りになりましょうな」

「ふむ。それならばよいが……」

鯛茶漬をかきこみながら柘植がぼそりとつぶやいた。

「しかし、江戸川を渡るとなると猪牙舟ではいささか心もとないの。四人も乗せ
るには上荷船か川船が一艘欲しいのう」

「そうか……」

平蔵はポンと膝をたたいた。

「笹倉さんのところなら川船もあるし、相撲《すもう》あがりの船頭もいる」

「ああ、あの大嶽《おおだけ》とかいう巨漢ですか。なるほど、あの男なら少々の荒事にも臆《おく》することはござるまい」

「笹倉さんのいる検校《けんぎょう》屋敷は竪川の旅所橋《たびしょばし》近くにある。ひとつ声をかけてみますか」

「それがいい」

柘植がおおきくうなずいた。

「笹倉さんの念流《ねんりゅう》はなかなかのものだ。頼りになりますぞ」

「おまえさま……」

台所で露となにやら話しこんでいた篠がふりむいて声をかけた。

「矢部さまにも声をおかけにならないと、あとで恨まれるのではありませぬか」

「おお、そうか……そうだな」

平蔵、にんまりした。

「なにしろ、あいつにはずいぶんと茄子《なす》や胡瓜《きゅうり》の貸しがあるからな」

「ま、なんということを……矢部さまに失礼ですよ」

「ふふふ、ま、ともかくこういう仕事にはうってつけの相棒だ。あいつにもひと働きしてもらおう」

「それがようございます。なんといっても、矢部さまは竹馬《ちくば》の友でございますもの」

「小笹……そなた、小網町の道場を知っておるか」

平蔵は背後につつましく控えていた小笹に目を向けた。

「はい。神谷さまのお仲間のことは、いつ、どこにおられても連絡《つなぎ》をつけられるようになっております」

「なにぃ……」

平蔵、憮然《ぶぜん》とした。

「あやつ、おれに断りもなく勝手なことをしおって……」

「はっはっは、忍びの監視つきとなると、うかうかと浮気もできませんな」

柘植杏平が楽しそうに破顔した。

「なに、篠にいわせれば亭主の浮気など立ち小便のようなものだそうですよ」

「ほう、それはまた、よくできたご新造《しんぞ》だ」

柘植杏平がおおきくうなずいた。

「女房はそうでのうてはならん。露もよく覚えておくがいい」

「ええ、もう……でも、殿方は口でいうほどもてもせずとも申しますよ」

「こいつめが！」

「ははは、一本とられましたな」

平蔵は哄笑《こうしょう》して、小笹に目をやった。

「ともあれ、ここはそなたにひとっぱしりしてもらって伝八郎のところと、検校屋敷にいってもらおうか」

「かしこまりました」

小笹は茶漬を一膳かきこむと、すぐに平蔵の文をもって飛び出していった。

そこへ宮内庄兵衛が関東郡代の河川通行手形をもってきてくれた。

黒鍬組は関東郡代所と深いつながりがあって、江戸市外に出向くときは、これまでもいろいろと便宜を図ってもらっていたのだ。

この手形があれば川船役人も黙って通してくれるという。

留守のあいだは露がここに泊まることにして、二人の身は黒鍬の者がぬかりなく守ってくれることになった。

篠は普段着の柘植に裁着袴と皮足袋、それに天候がくずれそうだというので油紙の雨合羽《あまガッパ》をととのえ、笈袋《おいぶくろ》に入れてくれた。

平蔵は水あたりや食あたりの薬、刀創に卓効のある練り薬、縫合用の鉤針《かぎばり》と糸を油紙に包み、晒《さら》しの布で腹に巻き込んだ。

そのあいだに露が急いで一升釜で飯を炊《た》きあげて団扇《うちわ》で煽《あお》いで冷まし、梅干し入りの握り飯を作ってくれた。

二十個あまりの握り飯を三枚の竹の皮で包み、ふたつの風呂敷包みにし、平蔵と柘植が手分けして運ぶことにした。

片づくまでどれだけかかるかは見当もつかないが、あとは現地調達、出たとこ勝負にまかせるしかない。

第十二章　国府台《こうのだい》の奇襲

一

　およそ一刻（二時間）後、神谷平蔵、柘植杏平、矢部伝八郎、笹倉新八、藤川俊平、それに小笹の六人を乗せた川船は、大嶽が漕ぐ櫓《ろ》に身をゆだねて小名木川をすべるように東に向かっていた。

　出だしは順調で、伝八郎などは相手の盗賊の人数が二十人ぐらいだと聞いて、それっぽっちなら四半刻（三十分）もあればカタがつくだろうと気楽なことをほざいたあげく、

「おい、神谷。今度の金主はどこのだれか知らんが、安くても一人頭五両ぐらいの報償金は出るんだろう。ン？」

　勝手な胸算用を弾いていたが、平蔵が雇い主などはどこにもおらんと突っ放す

と、なんだタダ働きかとアテがはずれたように腕組みして船縁《ふなべり》にもたれ、大あくびをして太平楽に鼾《いびき》をかきはじめる始末だった。

行徳の塩田から塩を江戸に運ぶ行徳船がひっきりなしに行き交うなか、大嶽の漕ぐ川船はぐいぐいと川の流れに乗って矢のように快調に突き進んだ。

ところが、中川を越えるあたりから吹きはじめた風は、やがて雷鳴をともない、次第に激しさをましてきた。

「どうやら雲行きが怪しくなってきましたのう。このぶんでは一雨きそうじゃ」

大嶽が空を見あげて太い眉をしかめた。

西の空に湧き出した黒雲とともに湿った風が吹きよせてくる。

平蔵と柘植は用心のため雨合羽《あまガッパ》を着こみ、小笹と俊平は忍びの者だけに笈《おい》に雨合羽は常備していたが、伝八郎と新八は船に積んであった蓑《みの》と饅頭笠《まんじゅうがさ》をつけることにした。

大嶽は蓑はつけたものの饅頭笠は櫓を漕ぐのに邪魔になるといってつけなかった。

風は南西のほうから吹いてくる。

この川船はちいさいながらも帆柱《ほばしら》があって風向きによっては帆をかけることが

できる。

江戸川の急流を乗り切るには帆を張ったほうがいいといって、大嶽は江戸川に出る手前で船を岸に寄せ、川杭《かわぐい》に舫《もや》い綱をかけると帆を掲げた。

藤川俊平が操帆《そうはん》には馴《な》れているので帆は俊平にまかせることにした。

行徳の塩田地帯を右手に見て江戸川に出ると、対岸に佐倉《さくら》御成街道の常夜灯台が見えてきた。

すでに市川村は指呼《しこ》の間にある。

海風を満帆にはらんだ川船は大嶽の懸命な櫓とあいまって江戸川の流れに逆らい、まっしぐらに国府台《こうのだい》をめざした。

江戸川は国府台のあたりからおおきく蛇行しつつ海に流れこんでいる。

国府台は平家《へいけ》が下総の国府《こくふ》（司《つかさ》の役所）を置いた地で、江戸川を眼下に見下ろす高台になっていた。

江戸川を遡上《そじょう》するにしたがって、風雨はますます激しくなってくる。

おもんが隠れ家に使っているという無人の百姓家は、江戸川が屈曲する谷地《やち》の雑木林の中にあるということだった。

帆をおろし、大嶽が舫い綱を手に船首から飛びおり、茅《かや》の生い茂る谷地に生えている老松《おいまつ》の幹に綱を巻きつけ、全員で船を岸辺に引き上げた。
生い茂る茅をかきわけて、谷地と雑木山の境目にある隠れ家にたどりついた。
藁葺《わらぶ》き屋根を乗せた百姓家は雨戸も朽《く》ちかけ、障子紙《しょうじがみ》も破れて、畳も荒れ果て、
土間には薪《まき》の束がいくつか転がっていた。
竈《へっつい》には錆《さび》ついた釜がかけられていたが、底が抜けていた。
田舎家《いなかや》だけに台所に面した板敷きの間は四坪ほどあって、囲炉裏《いろり》が切ってある。
埃《ほこり》のついた自在鉤《じざいかぎ》に蓋《ふた》のない鍋がかけっぱなしになっている。
かつてはちゃんとした自前百姓だったようで、奥には八畳間と六畳間が二部屋
もあったが、障子や襖紙《ふすまがみ》は破れていて、荒れ放題になっていた。
「どうやら跡を継ぐ者がいなくなって、死に絶えたというところだろうな」
柘植杏平がぼそりとつぶやいた。
「田舎ではよくあることだ。川の氾濫《はんらん》で田畑をやられたり、年貢が払えず領外に
逃げ出す逃散《ちょうさん》百姓は後をたたんからの……」
おもんは小屋にはいなかったが、炉端におもんの笈袋があった。
土間には二つの桶《おけ》と天秤棒《てんびんぼう》、炉端にはおもんが使ったものらしい鉄の古い鍋が
あった。

台所には木杓子《きじやくし》や箸《はし》、縁の欠けた丼《どんぶり》や茶碗が残っていたが、おもんと小笹が綺麗に洗っておいたようだ。

裏口の外に湧き水の小川が流れている。

ともかく、おもんがもどってくるまでは動くに動けない。

手分けして火を熾《おこ》し、湯を沸かすことにした。

囲炉裏で焚《た》き火をして、濡れた合羽や足袋、着衣を乾かす。

小笹は女だけに、荒れ果てた襖の陰で手早く湿った下着を取り替えたようだ。

その間に大嶽が桶に川の水を汲《く》んで運んでくると、水を張った大鍋を自在鉤にかけて湯を沸かしにかかった。

日暮れても、風雨は一向におさまるようすはなかった。

襲撃はいつになるか、おもんが帰ってこなければわからない。

握り飯をひとつずつ腹におさめ、残りは大鍋にいれて粥《かゆ》にした。

粥にすれば嵩《かさ》がふえるし、火をいれれば日持ちがする。

伝八郎は腹がくちくなると睡魔に襲われてきたらしく、腕組みしながらとろとろと居眠りをはじめた。

「お疲れのようですね」

小笹がほほえんで粗朶《そだ》を火にくべながらすすめた。

「わたくしと藤川さまの二人で火の番をいたしますから、みなさまはおやすみになってください」

「いや、張り番は交代にしよう」

と柘植が反論したが、小笹はきっぱりとかぶりをふった。

「いいえ、黒鍬の者は二晩や三晩は眠らなくても平気ですから、どうか、ご心配なさらないでくださいまし」

まだ二十歳《はたち》前の小娘に見えるが、おもんが信頼しているだけあって女忍としての鍛錬は相当に積んでいるのだろう。

「そうか、すまんのう……」

伝八郎は大あくびをひとつすると、刀をさげて隣室に向かった。

二

——深夜。

炉端で仮眠していた平蔵は、ささやきあうような女の声を耳にして目覚めた。

いつの間にもどってきたのか、忍び装束のおもんが小笹と囲炉裏の灰のうえに火箸でなにか描いて話し合っていた。

「おもん……」

声をかけると、おもんが頭巾《ずきん》をはずしてほほえみかけた。

「よう、おやすみでしたこと……」

「ううむ……こんなことでは寝ずの番はつとまらぬな」

苦笑して、囲炉裏の灰に目をやった。

「なにをしていたのだ」

「一味が潜んでいる屋敷の見取り図でございますよ」

「見取り図？」

なるほど、灰のうえに火箸で図面らしき線が描かれている。

「ここが表門で、ここに裏木戸が……」

おもんが火箸で説明しているところに、柘植杏平が笹倉新八といっしょに隣室から姿を見せた。

大嶽も笹倉新八のあとからのっそりと巨軀を運んできたが、伝八郎はあいかわらず豪快な鼾をかいたままで、起きだしてくる気配もない。

「藤川どのの姿が見えんが、どこかに出かけておるのか」

平蔵がおもんに問いかけたとき、蓑笠をつけた藤川俊平が草鞋《わらじ》の束の山を肩にかついで裏口からはいってきた。

「おもんさまから頼まれていた草鞋が、ようやく間にあいました」

「おお、それはなにより……」

おもんが笑顔でねぎらい、板の間に置かれた草鞋の一足を手にとった。

「この草鞋の緒は菜種油《なたねあぶら》をしみこませた真田紐《さなだひも》で編み上げたもので、水にも強く、めったには切れませぬ。出かける前にはみなさまにこれを履《は》いていただきます」

「ほう、忍び草鞋というやつですな」

柘植杏平がうなずいたとき、ようやく伝八郎が大あくびを嚙みころしながら起きだしてきた。

「なんだ、なんだ。おもんどのがもどったのなら、ちと声をかけてくれてもいいんじゃないのか……」

不服そうに口を尖《とが》らせると炉端にどっかと座りこむなり大鍋の粥に目をつけた。

「おい、神谷。戦《いくさ》のまえには、まず腹ごしらえだろう」

「矢部さまのおっしゃるとおりですね」

おもんが目に笑みをにじませながら、みんなをうながした。

「それでは温かいお粥を召し上がりながら、みなさまに今夜の手順を聞いていただきましょう」

三

「一味が根城にしている屋敷は御畳奉行を務めている三千三百石の大身《たいしん》旗本逸見惣兵衛の別邸で、国府台の裾《すそ》から辰巳《たつみ》の方角にあたる雑木林にあります……」

おもんは懐《ふところ》から一枚の手書きの見取り図を取り出し、板の間にひろげた。

「別邸といっても、いまは猪口仲蔵が大金を積んで借り受けて屋敷の造作も自由に造りかえました」

いまは邸内に逸見家の家士は一人もいなくなり、猪口仲蔵の配下と、仲蔵の腹心の蟹の又佐が雇いいれた下総の百姓女を女中にしているという。

女は七人で台所女中という名目だが、俗にいう炊き触りで水仕事もし、男たちの臥所《ふしど》の相手もしているらしい。

屋敷は鍵の手になった曲がり家で二十畳の広間を軸に仲蔵の居間になっている

八畳間と、六畳間が三部屋、女中たちが寝ている六畳間が二部屋、台所に面した板の間、湯殿と厠《かわや》が二つあるという。

ほかに土蔵と人質の娘たちが閉じ込められている別棟と納屋があると、おもんは見取り図を指でしめしながら、邸内のようすを手にとるように説明した。

別棟は裏口に近く、二人の手下が交代で見張っているという。

「その娘たちは何人ぐらいおるのだ」

「先夜、下谷の武蔵屋から人質として攫《さら》ってきた千恵という娘と二人の女中、それに向島に遊びにきていて拐《かどわ》かされた本所の八百屋の娘のおきみと足袋屋の娘でおやえ、そして横川の豆腐屋の娘……この六人だけのようです」

六人ともなかなかの器量よしだという。

「しかし、斧田さんのはなしでは攫われた娘は十数人はいるということだったが……」

平蔵が口を挟むと、おもんの眉が曇った。

「ほかの娘たちは十日ほど前、霊岸島《れいがんじま》の沖に停泊している博多屋《はかたや》がもっている千石船に運ばれてしまったようですね」

「なんだと……」

博多屋庄佐衛門《しょうざえもん》は千石船を何隻も所持し、西国から東国を股にかけて和蘭《オランダ》や清国とも取り引きがあり、近年、めきめきと頭角をあらわしてきた九州の豪商だという。

「つまり、その博多屋が一味の黒幕ということか」

「はい。猪口仲蔵は前まえから博多屋庄佐衛門とひそかに手を組んでいたようです」

「それじゃ、その娘たちは博多の遊郭にでも売り飛ばすつもりかな」

「いいえ、博多屋庄佐衛門はただの商人ではありませぬ。黒鍬組ではかねてから異国との抜け荷で荒稼ぎをしていると目をつけていた男ですから……おそらくは異国に売るつもりではありますまいか」

「異国に……」

「ええ、おそらくは呂宋《ルソン》か、澳門《マカオ》あたりだろうとみております」

「なにぃ！　呂宋か、澳門だと……」

「お、おい……そりゃ、いったいどのあたりにあるんだ。ええ？」

お粥の丼を手に伝八郎は呆気《あっけ》にとられて問い返した。

「わたくしもくわしくは存じませぬが、琉球よりはるか南にある島国のようです」

「なんと！」

「みなさまは山田長政《やまだながまさ》という男のことを耳になさったことはありませぬか。元和《げんな》のころ、わが国の侍をひきつれてシャムという南蛮《なんばん》の国に渡り、賊を征伐して六昆《ろっこん》とかいう国の王になったそうですが……」

「ああ、その男のことなら新井白石《あらいはくせき》先生から聞いたことがある」

平蔵が膝を乗りだした。

「なんでも、そこに住み着いて侍たちの町を造ったそうだな」

「ええ、そのとおりです……」

おもんはおおきくうなずいた。

「ふうむ……たいした男だのう」

伝八郎はさもうらやましそうな顔になった。

「国王となりゃ、太閤《たいこう》さまも顔負けだの……さぞかし、いい思いをしたろうよ」

「でも、異国の地ですよ。矢部さま……それに、鎖国令のおかげで、どんなに帰りたくても帰ることができなくなった者が大勢いたそうです」

おもんによると、山田長政の死後、向こうに取り残された侍たちは呂宋や澳門などに渡って海賊商人として生きのびるようになったという。

　山田長政の名がものをいって、侍髷《さむらいまげ》で刀や槍《やり》、薙刀《なぎなた》を手にした海賊たちは異国の貿易船の恐怖の的になったらしい。

「そうか、猪口仲蔵の一味が、武蔵屋を襲って刀剣や槍を奪っていったのはやつらのためだな」

「ええ、神谷さまのおっしゃるとおりですよ。かれらにとっては侍髷と刀や槍は千金万金にかえがたい守り神のようなものなのだと思われます」

「ううむ。それはわかったが、それと娘たちの拐かしはかかわりがなかろう」

「いいえ、それこそが、かれらにとっては肝心要《かなめ》のことのようですよ」

「ふうむ……どういうことかわからんな」

「花嫁ですよ。呂宋の海賊たちの……」

　これにはだれもが啞然《あぜん》とした。

「かれらは今でも頭は侍髷にし、日輪《にちりん》と八幡大菩薩《はちまんだいぼさつ》の旗印を帆柱にかかげ、異国船を襲っているそうですが、おそらく山田長政の末裔《まつえい》というのが唯一の誇りなのでしょう。むろん先祖はそうだったとしても、向こうの女に子を生ませているうちに顔形や肌の色も土着の者と変わらなくなってきているのでしょう。刀剣や娘を手にすることでふたたび山田長政の末裔として海賊仲間を威圧することができると考えたのではありますまいか」

「ははぁ、御朱印船《ごしゅいんせん》の渡海禁止令で帰国できなくなった船乗りたちが海賊商人の祖先ということか」

平蔵が暗然とした目でつぶやいた。

「はい。そこに目をつけた博多屋が猪口仲蔵たちに武器と若い娘の調達をもちかけたのが、そもそものはじまりだと思われます」

「ううむ！」

伝八郎が唸《うな》った。

「刀剣や槍を欲しがるというのはわかるが、若い娘をどうしようというのだ。ン？　おなごなら向こうにもいくらでもおろう」

「いや、異国の女に生ませた子はどこまでも異国の子だ」

柘植杏平が喝破《かっぱ》した。

「向こうの女に子を生ませていると、顔つきや肌の色も向こうの者と変わらなくなってくるというところが肝心なのだな」

「柘植さまのおっしゃるとおりだと思います。土俗の者と変わりなくなれば山田長政の末裔として海賊仲間でハバをきかせられませぬ。そのために猪口仲蔵一味に年頃の娘の調達を依頼したのでしょう」

おもんはきっぱりと断言した。

「博多や長崎の遊郭に売られるなら取り戻しようもありますが、異国に連れ去られてはどうすることもできませぬ」

「ううむ！　刀剣はともかく、か弱い娘を攫って異国に売り飛ばすなど鬼畜《きちく》の所行だ。断じて許すわけにはいかん」

伝八郎は目を怒らせて吠えた。

「一人残らず叩き斬《き》ってやる！」

「矢部さまのお怒りはごもっともですが。今夜、あの屋敷には博多屋庄佐衛門が来ておりまする。この者だけは後日のためにも生かしたままで捕らえたいと思っております」

「生き証人ということだな」

平蔵はおおきくうなずいた。

「それにしても、市川の代官所や、公儀の船手頭《ふなてがしら》はなにをしておるのだ」

伝八郎が不服そうに唸った。

「なに、役人というのは確たる証拠がないかぎり動かんものよ」

平蔵が苦笑いした。

「なにせ、今度の相手は御畳奉行を務める大身旗本だからな。下手《へた》をすれば、おのれの首が飛ぶことになる。おれの兄者《あにじゃ》とて、おなじ穴の貉《むじな》よ。武家にとっては何よりも御家が大事だからな」

柘植杏平がおおきくうなずいた。

「神谷どののいうとおりじゃ。わしも尾張藩から陰扶持《かげぶち》をもろうていたときは、表沙汰《おもてざた》にせず、藩にとって禍《わざわい》の種となる者を隠密のうちに始末するよう命じられていたゆえな」

「もうしわけございませぬ。本来なら公儀の手で始末をつけるべきところですが、逸見家は老中阿部豊後守《あべぶんごのかみ》さまの縁戚につながる家柄ゆえ、御目付衆も逸見家の家内不始末を咎《とが》めだてできずにおられたようです」

おもんは一同を見渡して、深ぶかと頭を下げた。

「わたくしは探索を命じられただけですが、博多屋庄佐衛門と猪口仲蔵が顔をあわせる機会は滅多にございませぬ。ただ、わたくしが動かせる手の者では二十数人もの浪人を取り押さえるのは至難のことゆえ、神谷さまに手助けをお願いしたところ、矢部さま、柘植さま、笹倉さままでご尽力をいただけることになりました。なんとお礼をもうしあげてよいやら……」

「よいよい。おおかた、そんなことだろうと思っていた」

平蔵は苦々しげに吐き捨てた。

「てっぺんにいる者はいつでもそういうものよ。何事もおのれの手を汚さずにすませようとする」

「まあ、よいではないか。いま、われわれがやろうとしていることは公儀のためでもなければ褒美《ほうび》が目当てでもない。拐かされたおなごと親御《おやご》のためだからの」

柘植杏平がぼそりとつぶやいた。

「ふふふ、おれはそんなことはどうでもいい。なにせ、検校《けんぎょう》どののお守りだけでは退屈で、身をもてあましておりますからな」

笹倉新八もニヤリとうそぶいて顎《あご》をつるりと撫《な》でた。

「たまには暴れんと躰が鈍る」

「それにだ。武蔵屋といえば江戸でも名代の老舗《しにせ》だからのう。大事な愛娘《まなむすめ》を傷ひとつつけずに取り戻してやれば、そのまんま、だんまりということはあるまい」

伝八郎はにんまりとほざいた。

「なにかしらの挨拶というものがあってしかるべきだ」

伝八郎は金一封が目の前にちらついているような顔つきだった。

「ふふふ、もしかすると、武蔵屋がきさまを見込んで娘の婿《むこ》にと言い出すかも知れんぞ」

平蔵が揶揄《やゆ》すると、伝八郎、真顔になって目をひんむいた。

「ン？　おれを婿にだと……それはまずかろう、それは……だいいち、育代が承知せんだろう」

「わからんぞ。育代どのもそろそろ秋風のようだからな」

「なにぃ……」

「バカ。まちがってもそんなことはありえんから心配するな」

一座がひとしきり笑いくずれた。

「ところで、いつ、ここを出るかだが……」

平蔵がおもんに問いかけた。

「いま、向こうは博多屋を迎えて酒盛りをしておりましょう。酒に食べ酔うて、ぐっすり寝込んだ夜明け前がころあいかと……」

「うむ。七つ（四時）ごろということか」

「はい。まずは捕らわれているおなごを助けだし、わたくしと小笹が一味の者を邸内から庭に追い出します」

「ほう、追い出すとは……」

「そこは、おまかせくださいまし……」

「よかろう。斬り合いは屋内より外のほうがやりやすい」

柘植杏平がおおきくうなずいた。

「ここを出るのが、およそ八つ半（三時）。まだ、二刻（四時間）ほどは間があります」

おもんは板の間の隅に置いてあった酒壺を差し出した。

「土地の濁酒《どぶろく》ですが、これでも召し上がってお休みくださいませ」

「なに。酒があるのか」

伝八郎が舌なめずりした。

「お口にあうかどうかわかりませんが……」

「なんの、濁酒。おおいに結構、結構……」

伝八郎は相好をくずし、いそいそと酒壺に手をのばした。

四

パチパチと粗朶の火が撥ねる音がして、平蔵はまどろみから目覚めた。

濃密な女の体臭がして、まぢかにおもんが片肘《かたひじ》ついて寄り添いながら、平蔵の顔をまじまじとのぞきこんでいた。

「おもん……」

平蔵が躰を半身に起こそうとすると、おもんは指を平蔵の唇にあてて笑みかけた。

「みなさまも、ようおやすみになっておられます」

濁酒の酔いがほどよくまわったらしく、奥のほうからさまざまな鼾や寝息、歯ぎしりが間断なく聞こえてくる。

「まだ一刻とはたっておりませぬ。平蔵さまも、もうすこしおやすみなさいまし……」

おもんの眸《め》が霞《かす》みにかかったようにうるんでいる。

「なんの、おれはもうよい。おれが寝ずの番をしていてやるゆえ、そなたこそ少し眠るがよい」

「いいえ、平蔵さまとふたりきりでときを過ごすことなど滅多にありませぬもの」

おもんは平蔵のかたわらに寄り添うように仰臥《ぎょうが》すると、黒く煤《すす》けた天井の梁《はり》に目を向けた。

「平蔵さまも、わたくしも、今日かぎりの命かも知れませぬな……」

おもんは黒々とした双眸を見ひらきながら、平蔵の顔をすくいあげるように見あげてつぶやいた。

「平蔵さまとは、いつも一期《いちご》一会《いちえ》の縁《えにし》……そういう定めなのかも知れませぬ」

おもんのつぶやきには、いま、このときだけに生きる忍びの者のみがもつ、ひたむきな思いがこめられていた。

――定め、か……。

哀しいことをいう、と平蔵は思った。

平蔵は腕をのばし、おもんを抱きよせた。

「おれは世の常の定めの外で生きる男だ。そなたとすこしも変わりはせぬよ」

「………」

おもんは問いかけるような目をした。

平蔵は腕をのばして、おもんの腰にまわして引き寄せた。

「そなた、すこし肥えたようだの……」

「ま……」

おもんは平蔵の手をとると襟《えり》をひらいて乳房にみちびいておしつけた。

すこしのゆるみもないふくらみが平蔵の掌《てのひら》につつまれ、せわしない息づかいを伝えてきた。

おもんは平蔵の掌を乳房におしつけたままで唇を耳朶《みみたぶ》に寄せて、熱い吐息とともにためらいがちにささやいた。

「もしも、この仕事が無事におわりましたら、一度、逢っていただけませぬか……」

さりげないささやきだったが、その声にはおもんのつきつめた思いが秘められていた。

平蔵は無言でうなずきかえした。

「鳥越明神《とりごえみょうじん》のそばに稲荷鮨を看板にしている茶店がございます。そこの、おせいという婆《ばば》さまに芋酒《いもざけ》を頼んでくださいまし……」

「芋酒……」

「はい。あとは婆さまがこころえておりますゆえ、半刻とたたぬうちにおうかがいいたします」

「あい、わかった」

おもんは平蔵の胸に頬をぎゅっとおしつけると深い吐息をもらした。

軒端《のきば》をたたく雨の音が嫋々《じょうじょう》たる小雨に変わりつつあった。

五

――七つ（午前四時）をすこし過ぎたころである。

風はいくらかおさまり、雨も小降りになってきていた。

おもんを先導に神谷平蔵、矢部伝八郎、笹倉新八、柘植杏平、大嶽の五人は菅笠《すげがさ》をかぶり、蓑をつけて国府台の谷津《やつ》を北東に向かった。

最後尾には探索からもどってきた小笹と藤川俊平がしんがりとしてついている。

市川村は下総台地の西端にあって、谷津と呼ばれている深く刻みこまれた低地が樹木の枝のようにあちこちに見られる。

その谷津に湧き出した水が小川となり、小川と小川が合流し、やがて江戸川から海に流れこむ。

あちこちに瘤《こぶ》状の雑木山があり、海に近いため潮風に強い松の木が多い。

おもんは雨幕に閉ざされた雑草の道を迷うことなく進んでいった。

土橋を三つ渡り、小川に沿って雑木林をくぐりぬけてゆくと、半刻後、木立に囲まれた土塀が黒々と見えてきた。

敷地は約三百坪、探索によると母屋《おもや》は瓦葺《かわらぶ》きの屋根で南面にひらかれた鍵形になっているという。

表門は東南にあって、母屋の反対側の山際に約五十坪余の別棟が建てられており、そこに拐かされた娘たちが鍵をかけられた部屋に捕らわれているとのことだ。

手筈《てはず》のとおり、二手に分かれ、おもんと平蔵と笹倉新八、それに大嶽と藤川の五人が塀沿いに裏口にまわった。

伝八郎と柘植は小笹について表門のほうにまわった。

おもんがピョピョッと合図を送ると、表門のほうから小笹がチチッチッと答えを返してきた。

おもんはふわりと土塀のうえに飛び移ると、音もなく塀の向こう側に姿を消した。

すぐに裏門の潜り戸がひらいて、平蔵と大嶽を招きいれた。

小雨が降りしきる邸内には人影ひとつなかった。

おもんにうながされ、平蔵と大嶽が攫われた女たちが閉じ込められている別棟に近づいて菅笠をはずすと、おもんが戸を軽くたたいて優しげな声で呼びかけた。

「お頭《かしら》が酒をお届けするようにともうされましたのでまいりました」

「うむ。なに寝酒の差し入れか……」

なんの疑いもせず野太い声がして、閂《かんぬき》を外す音がしたかと思うと、引き戸が軋《きし》んで手燭《てしょく》の灯りがさし、扉が引き開けられて浪人髷の男がぬっと顔を見せた。

――瞬間。

平蔵が抜き打ちに浪人髷のうなじに峰打ちの一撃を放ち、屋内に躍りこんだ。

平土間に面した八畳間に仮眠していた浪人者が、撥ね起きようとする間もなく平蔵の峰打ちを食らって昏倒《こんとう》した。

おもんにつづいて入ってきた大嶽が、昏倒している二人の浪人者に素早く猿轡《さるぐつわ》をかけ、手足を縛りあげた。

おもんが八畳間に隣接した襖をあけると、廊下を隔てた向こうは太い格子で遮《さえぎ》られていて、十二畳の大部屋に六人の娘が白い寝衣のまま身を寄せあって怯《おび》えたような眼差しを向けていた。

「もう、大丈夫ですよ。静かにして、いうとおりにしてください」

おもんが声をかけて、柱にかけてあった鍵で錠前を外し、格子戸をあけた。

大嶽が縛りあげた二人の浪人者を両腕で軽がると運びこみ、格子戸の桟《さん》に縛りつけるのを見て、娘たちの顔にはようやく生気がもどってきた。

安堵感《あんどかん》と歓びで感極まって泣きだす娘もいたが、なかには虚脱したように座りこんだまま、放心している娘もいた。

拐かされたとはいえ、そこそこ大事にあつかわれていたらしく、さほどにやつれているような娘はいなかった。

藤川俊平が平土間の片隅に置いてあった柳行李《やなぎごうり》のなかに娘たちが着ていた着物がはいっているのを見つけた。

娘たちを着替えさせ、静かにしているようにいいふくめると、手筈どおり藤川俊平を代官所に走らせ、大嶽に娘たちを守らせることにした。

武芸の心得はないが、かつては大名家の抱え力士だった大嶽は閂の一本もあれば下手な二本差しより頼りになる。

藤川を送りだし、裏木戸を閉めてから、おもんはチチッチッと表門のほうに向かった仲間に合図を送った。

すぐにピョピョッと小笹の答えが返ってきた。

六

おもんと小笹のふたりは台所の木戸の桟を外して屋内に侵入していった。

平蔵と笹倉新八は別棟と母屋のあいだの植え込みの陰に、伝八郎と柘植杏平は母屋の前庭の石灯籠《いしどうろう》のそばに身をひそめ、一味の者が飛び出してくるのを待ち構えている。

おもんと小笹は音もなく邸内の廊下をめぐりつつ、煙硝玉《えんしょうだま》を部屋のなかに投げ込んでまわった。

火縄のついた煙硝玉がつぎつぎに発火し、濛々《もうもう》たる白煙を噴きあげる。

火事にはならないが、白煙に巻き込まれたらたまったものではない。

たちまち邸内は騒然となり、眠りこけていた一味の者は押っ取り刀で飛び起き、襖を蹴倒し、廊下から庭に飛び出してきた。

男と臥所をともにしていた女中のなかには、赤い腰巻ひとつで廊下に飛び出してくるものもいた。

女中たちには目もくれず、平蔵は母屋から庭に飛び出してきた盗賊に向かって疾駆すると、先頭の一人を迎え撃ち、横薙ぎの一撃で斬り捨てた。

降りしきる雨のなかに、黒い血しぶきが舞い上がった。

その血しぶきのなかから、獣のような怒号をあげて二人の盗賊が斬りかかってきた。

平蔵が躰を沈めて二人の間をすり抜けながら一人を脇から斜めに斬りあげたとき、キラリと光るものが飛来し、殺到してきた盗賊の喉笛《のどぶえ》に嚙みついた。

「ぎゃっ！」

苦悶の声をあげ、盗賊が虚空をつかんでのけぞった。

母屋の屋根のうえをムササビのように駆けるおもんの姿が見えた。

おもんの手から矢継《やつ》ぎ早《ばや》にキラッキラッと闇に光るものが流星のように疾《はし》る。

忍びの者が使う「爪《つめ》」と呼ばれる飛び道具だった。

爪は的確に盗賊のうなじを切り裂き、喉笛に嚙みついた。

母屋から白刃《はくじん》を手にした一味の者がつぎつぎに飛び出してくる。

「おうりゃっ！」

伝八郎の豪快な気合いが響きわたり、白刃が煌《きら》めくたびに盗賊どもが血しぶきをあげて倒れていく。

柘植杏平が無言のまま剛剣をふるい、一味を迎え撃っていた。

かつて尾張藩で陰の刺客をしていた柘植の剣は、一撃で骨まで断ち斬る威力がある。

その二人の間を縫って、笹倉新八が右に左に賊を薙ぎ斃《たお》している。

数人の盗賊が敵わぬとみてか、一団となって裏門のほうに逃げ出そうとしているのが平蔵の目にとまった。

「うぬっ！」

平蔵が斜めに走って行く手を遮ろうとしたとき、盗賊の一人が振り向きざまに鋒《きつさき》を返して斬りつけてきた。

平蔵は咄嗟《とつさ》に身を捻《ひね》りざま、真っ向から斬り下げた。

盗賊の額が縦に割れ、顔が鮮血に染まりカッと双眸を見ひらいたまま、がくりと膝をつくなり横転した。

「平蔵さまっ！」

屋根のうえからおもんの叫ぶ声がしたとき、平蔵は背後に迫る殺気を感じた。

平蔵は躰をよじって刃《やいば》を一閃《いっせん》した。

「ぎゃっ！」

刀をつかんだ両手首を断ち斬られた盗賊が突き飛ばされたようにつんのめり、泥田のようにぬかるんだ地面に転がって、のたうちまわった。

笹倉新八は別棟に逃げ込もうとする盗賊や裏木戸から逃走しようとする者を見つけては斬り伏せている。

柘植杏平は池を背後にして盗賊を迎え撃っていた。

実戦での戦いを重んじる尾張柳生の介者《かいしゃ》剣法で鍛えた柘植杏平の剛剣は、一撃で敵の骨を断ち斬る凄《すご》みがある。

ひっそりと佇《たたず》んだまま、身じろぎもせずに飛び出してくる盗賊を待ち受けた。

寝間着のまま刀を手にして裸足で廊下から飛びおりてきた盗賊は、目の前に黒々と佇立《ちょりつ》している柘植を見て、一瞬、たたらを踏んでためらったが、すぐさま歯をむき出して襲いかかってきた。

柘植杏平の鋒がキラッキラッと左右に閃《ひらめ》いたかと思うと躍りこんできた二人の盗賊は血しぶきをあげ、声もあげず池に転落していった。

七

雨は嫋々たる霧雨に変わっていた。

平蔵たちは庭の一隅にかたまりあっている女中たちを人質が閉じ込められていた別棟に集めておいて、ぬかるむ庭のあちこちに突っ伏している盗賊の屍体の面体《めんてい》をあらためてまわった。

肝心の猪口仲蔵と博多屋庄佐衛門、それに仲蔵の腹心である蟹の又佐、河童の孫六、牛若の半次郎は見あたらなかった。

おおかた邸内のどこかに潜んでいるにちがいない。

柘植杏平と伝八郎は屋敷のなかに入り、部屋をひとつひとつ改めながら奥へ奥へと踏み込んでいった。

ときおり金で買われた女が夜具に身を包んで怯えていたが、二人は目もくれず、猪口仲蔵の姿をもとめて奥に突き進んでいった。

押し入れをひとつひとつ改めていると、女物の着物を頭からかぶって裸の女と抱きあったまま隠れていた若侍が見つかった。

「なんだ。こやつは……」

「ははぁ、この優男《やさおとこ》が牛若の半次郎とかいう女たらしだろう」

伝八郎が首根っこをつかんでひきずりだすと、半次郎はひらきなおったように口をゆがめて嘯《うそぶ》いた。

「ああ、半次郎はわたしだが、何も咎められるようなことはしていない。人を殺したこともなし、おんなを手込めにしたことなど一度もない。こんな無体な仕打ちをされる覚えは……」

「ほざくなっ！」

伝八郎が拳骨《げんこつ》で思うさま殴りつけると、半次郎はひいっと悲鳴をあげて横転し、裸の女にすがりついた。

「ちっ！　なにが牛若だ。ただのチンピラじゃないか」

伝八郎は吐き捨てると、女の寝間着の紐で縛りあげた。

その隣の奥まった一室に、金屏風《きんびょうぶ》でかこった豪華な寝所があった。

伝八郎が金屏風を蹴倒すと、白い寝衣をまとった女が悲鳴をあげて四つん這いになって出てきた。

「おい。猪口仲蔵はどこだ！」

伝八郎が女の胸ぐらをつかんで怒号した。

「ひいっ……」

女が夢中でかぶりをふったとき、絹夜具のうえにあぐらをかいていた五十年配の商人髷の男がひらきなおったように口をひらいた。

「これはなんの真似かな。わたしは商用で招かれただけ……いわば客ですがね」

「なるほど、こやつがどうやら博多屋という商人《あきんど》のようだ」

柘植杏平が鋒を突きつけると、男は薄笑いをうかべた。

「あんたら、こんな押し込み強盗みたいな真似して無事ではすみませんぞ」

「ふざけるな！　この人買い野郎がっ」

伝八郎が峰打ちの一撃をたたきつけた。

八

泥田のようにぬかるんだ屋敷の庭は、死屍累々《ししるいるい》たる惨状を呈していた。

平蔵と笹倉新八と小笹が屍《しかばね》をひとつひとつ改めていた。

「神谷さま。この男が河童の孫六という船乗りあがりの悪党ですよ」

髪の毛が薄く、鼻と口のでかい異相の小男だった。

「なるほど、河童みたいな面《つら》をしてやがる」

笹倉新八が口をひんまげたとき、屋敷のなかから柘植杏平と伝八郎が女物の赤い扱《しご》きで縛りあげた博多屋庄佐衛門をひったてながら出てきた。

「神谷。こやつが抜け荷の張本人の博多屋庄佐衛門だぞ」

「しかし、猪口仲蔵とやらはどこにも見つからん」

そのとき、屋根のうえからおもんが声をかけてきた。

「いいえ。この邸内から外にでた者は一人もおりませぬ。かならず、どこかに潜んでいるはずです」

ふわりと宙を跳んで、おもんが屋根から飛び降りてきたときである。

庭の植え込みと軒下のあいだの闇に潜んでいた黒い影が、疾風《はやて》のようにおもんの背後から襲いかかってきた。

おもんが飛鳥のように跳びあがろうとしたが、間一髪、鋒がおもんの足に嚙みついた。

「うっ……」

おもんがよろめいて泥田のような地面に転倒した。

「おもん！」

その瞬間、柘植杏平の剛剣が闇にキラッと閃いた。

「ううっ！」

黒い影は刀を手にしたまま、たたらを踏んで水たまりのなかに突っ伏した。

目鼻口が横にひしゃげた異相の男だった。

「そやつは蟹の又佐です！　仲蔵もすぐ近くにいるはず……」

倒れたおもんが半身になって叫んだとき、植え込みの闇から幽鬼のような黒い影が現れ、平蔵の前に立ちはだかった。

「神谷平蔵だな……」

上背のある影に見覚えがあった。

「猪口仲蔵か！」

平蔵はソボロ助広の柄《つか》を握りしめ、静かに青眼《せいがん》に構えた。

猪口仲蔵の背後に柘植杏平が、そして左側に伝八郎と笹倉新八の姿が見えた。

「きさまだけはなんとしても、おれの手で斬る」

「なにぃ！」

「本来なら根津権現の境内《けいだい》できさまを斬っておくべきだった」

「ふふ、それはこっちもおなじことよ。あのとき小役人どもに邪魔されなんだら、まちがいなく、おれがきさまを斬っていたな」

「さて、それはどうかな……」

小笹がおもんのそばに駆け寄るのを目の端に捉え、平蔵はじわりと刀身を垂直に立てると、躰を半身に構えた。

「ううむ……」

猪口仲蔵の眉根にいぶかるような動揺が走った。

垂直に立てた刀身の影に平蔵の影が重なって、仲蔵の目には朧《おぼろ》に霞んで見えるにちがいない。

猪口仲蔵はじりじりと左に左にと身を転じはじめたが、平蔵もそれにつれて動く。

おもんが小笹の肩に身を預けて見守っていた。

もはや猪口仲蔵の逃れる道はどこにもなかった。

仲蔵は鋒を下段に構え、左に走った。

平蔵は踵《かかと》を軸にして、仲蔵の走るほうにつれて躰を回した。

依然として刀身は垂直に立てたままである。

構えを崩せば乱れが生じる。

仲蔵は、その一瞬の間隙《かんげき》をつこうとしているのだ。

突如、仲蔵は反転して逆に廻りこもうとしたが、平蔵は動じることなく、仲蔵の動きにあわせて構えを崩そうとはしなかった。

仲蔵は下段から猛然と刃を撥ねあげながら躍りこんできた。

——転瞬。

平蔵は八双《はっそう》の構えから存分に剣をふりおろした。身を沈めた仲蔵の刃唸りのするような剛剣が下から噛みついてきたが、紙一重のところでかわした。

仲蔵はしばらくの間、佇立していたが、やがて崩れるように膝を折り、泥田と化した地面に突っ伏した。

平蔵はソボロ助広を手にしたまま、おもんのかたわらに駆け寄った。

「おもん……」

おもんはほほえみながら平蔵のうなじに両腕を巻きしめてきた。

平蔵はおもんをかかえると、空き家になった別邸の一室に運びいれた。

小笹が屋敷にあった燭台《しょくだい》の灯りをさしむけてくれるのを待って、おもんを横臥させると、血で濡れた忍び袴《ばかま》を切り裂いて傷口をあらためた。

鋒は左の太腿を五寸ばかり斜《はす》に掠《かす》めて切り裂いていた。

肉がはじけた傷口からは生ぬるい血がとめどなくにじみだしてくる。

燭台のほのかな灯りにさらされた白い太腿が、鮮血で赤く染まっている光景はなんとも無残だった。

小笹が機敏に運んできた屛風を囲いにして、応急処置にかかった。

血で濡れた忍び袴をはぎとり横臥させると、小笹が台所から見つけてきた焼酎《しょうちゅう》で傷口を洗い流した。

小笹に手伝わせ、腰の印籠《いんろう》に入れてあった刀創によく効く練り薬を塗りこみ、鉤針と釣り糸で傷口を四針縫合した。

おもんは気丈《きじょう》に声ひとつあげなかった。

捕らえた博多屋庄佐衛門と捕らえた手下は別棟の格子部屋に移し、代官所の役人に引き渡すまで交代で見張ることにした。

平蔵も、柘植も、伝八郎も、新八も乱戦のなかで着衣は切り裂かれ、なにがしかの掠り傷は負っていた。

小笹だけは無傷で甲斐甲斐《かいがい》しく屋内の燭台に灯りをつけてまわると、一人一人の手当てにまめまめしく動きまわっていた。

いつもは賑《にぎ》やかな伝八郎も腕組みしたまま、あぐらをかいてむっつりと押し黙ったままだった。

七人いた女中はいずれも、一味のことは何ひとつ知らなかったようだ。

代官所の取り調べがすめば無罪放免になるだろうが、実家に帰ったところで迷惑がられるだけで、家族から白い目で見られることになるだろう。

そんな女たちは笹倉新八が篠山《しのやま》検校に頼んで屋敷に引き取ってもらうことにした。

そう聞かされた女たちはようやく安堵の表情を見せて、いそいそと朝餉《あさげ》の支度にとりかかった。

雨上がりの東の空が、ようやくしらじらと明けそめてきた。

終章　女忍哀憐《によにんあいれん》

——十日後。

平蔵は蔵前通りの雑踏を西にそれて小橋を渡り、元鳥越町にはいった。

おもんと交わした二人だけの約束を果たすためである。毛筋ほどの淡い約束ではあったが、その約束にはおもんのひたむきな思いがこめられている。鳥越明神の隣で「いなり鮨」の看板をかかげている茶店に足を運んだ。

縁台に腰をおろすと腰の曲がりかけた白髪の婆さんが番茶を手にやってきた。

「よい、お日和《ひより》でございますね」

「うむ……」

熱い番茶に手をのばしながら、

「おせいさんというのはあんたかな」

「へ、へえ……」

「ここで、うまい芋酒《いもざけ》が飲めると聞いたんだが……」

「………」

婆さんはまじまじと平蔵の顔を見つめると、ぼそりとうなずいた。

「旦那、いいときに見えなすったね。いま、ちょうど飲みごろの芋酒がはいったところでございますよ」

そういうと目でうながして、ひょこひょこと暖簾《のれん》をかきわけ、土間の奥に案内した。

土間の奥は細い路地を通って暖簾をくぐると中庭になっていて、突き当たりに土蔵の扉が見えた。

婆さんは重い扉を両手でよっこらしょと引きあけると、しゃがれ声で呼びかけた。

「おもんさん……芋酒が欲しいおひとがおいでなさったよ」

階段を駆け下りる足音がしたかと思うと、薄暗い土蔵のなかに華やいだ影が動き、白地に藍色《あいいろ》の行儀鮫《ぎょうぎざめ》を染めぬいた小袖《こそで》姿のおもんが顔を見せた。

「ほんとに来てくださったんですね」

「おまえとの約束だ。反古《ほご》にはできんさ」

「ま、うれしいこと……」

おもんは婆さんの目もかまわず平蔵の手をつかみとると、壁際にある階段を目でうながした。

「さ、どうぞ……」

「ほう、蔵二階になっているのか……」

平蔵は刀を腰から外すと、雪駄《せった》を脱いで板敷きの蔵の中に足を踏み入れた。壁に沿って傾斜はきついが頑丈な階段がついている。

おもんは先にたって、いそいそと階段をあがって案内した。

階段を踏む白い脹《ふく》ら脛《はぎ》が目にしみるようだった。

蔵二階はちゃんとした畳敷きの八畳間になっていて、長火鉢《ながひばち》や箪笥《たんす》、食器をいれる水屋から刀架けまで置いてある。

奥に六畳の寝間があって、夜具がきちんと敷かれていた。

どうやら、この茶店はおもんの隠れ家のひとつらしい。

腰の物を刀架けに置くと、長火鉢を挟んでおもんと向かいあって座った。

「ここで寝泊まりしているのか……」

「はい。昨日からここに泊まりこんでおりましたの」

　おもんは長火鉢のかたわらに置いてあった首長の瓶子《へいし》を取ると、うしろの水屋から湯飲みを二つ取り出し、長火鉢の縁に置いて、瓶子からとろりと白濁した液体をついで、すすめた。

「お口にあうか、どうかわかりませんが、召し上がってみてくださいまし……」

「ほう、これが芋酒というやつか……」

「ええ、わたくしの手作りで、山芋をすりおろして濁酒《どぶろく》といっしょに仕込んだものですが、おいしゅうございますよ」

　なるほど口にふくむと、じわりと芳香がひろがり、喉にとろりとすべりこんでいく。

「ううむ。うまい……」

「忍びの者は、これ一杯で三日は楽に過ごせるほどですもの」

　おもんが意味あり気にふくみ笑いしたところをみると、どうやら強精にも効能のある薬酒らしい。

　こころなしか腹の底から温まってきたようだった。

「もう、傷はいいのか……」

「お手当てがようございましたもの」

「よし、あとで診《み》てやろう。乱戦での刀創は破傷風《はしょうふう》になることがあるからな」

「はい……平蔵さまにおまかせいたします」

そうつぶやいてからおもんは、らしくもなく羞じらうようにうなじを染めた。

「博多屋の千石船の船底に監禁されていたおなごたちも、無事救いだされたそうだの」

「ええ……武蔵屋が奪われた刀剣のたぐいも取り戻されたと聞きました」

「うむ。おれがところにも武蔵屋が礼にやってきて切り餅《もち》をひとつ置いていった。伝八郎も懐《ふところ》があたたかくなって上機嫌で飲み歩いているらしい」

「ほんとうは公儀からご褒美《ほうび》がでてもよいところですのに……もうしわけありませぬ」

「なに、公儀のためにはたらいたわけではない。いうならば退屈しのぎのようなものよ」

「ま……」

「仲蔵に塒《ねぐら》をあたえていた逸見家はお家断絶になったと、斧田どのから聞いたが……」

「はい。当主の逸見惣兵衛はなにも知らなかったそうですが、知らぬ存ぜずですむはなしではございませぬ」

「仲蔵の情婦だった瑞枝という女はどうなった」

「深いことはなにも知らなかったらしく、お咎《とが》めもなく元の店をつづけているそうでございますよ」

「ふうむ……とどのつまり、割にあわなんだのは手傷を負ったそなた一人ということになるな」

「いいえ……わたくしはいまのままで充分でございますもの」

「前まえから聞こうと思っていたが、そなたにはこれまで縁談は一度もなかったのか」

「いいえ、十七のときに一度、……五年前にも一度ございましたが、どちらもお断りいたしました」

平蔵は凝然とおもんを見つめた。

五年前というと、おもんと結ばれた前後のことだ。

「なぜ、嫁にいかなんだ。嫁入れば、また違う生きようもあったかも知れぬぞ」

「でも、それは嫁《とつ》いだ相手しだいでございましょう」

おもんは迷いもなくほほえみ返した。

「嫁いでみなければわからぬ相手のところに嫁ぐなど、わたくしの性分にはあいませぬ」

「性分、か……」

「むろん、忍びの者は綺麗事ではすまされませぬゆえ、ときには肌身を許すこともなかったとはもうしませぬ」

「…………」

「おなごというのは化身《けはい》の生き物、こころと躰は別物ですから、どんなに嫌な男にでも身をまかすことができます」

おもんは謎めいた笑みを口辺にうかべた。

黒鍬の者は三つの組に別れていて、忍びの者は二の組に所属しているのだという。

二の組の家に生まれた子のなかで、忍びに向いている素質があると見込まれると、男女を問わず五つのときからさまざまな修練を積み重ねる。

女は初潮を見ると、子孕《こはら》みしないころをえらんで窓も灯りもない忍び小屋で五夜を過ごし、訪れてくる男を迎え、顔もわからぬまま初穂《はつほ》を摘まれて一人前の女になるという。

他国に探索におもむいて、情報を得るために肌身を許すことも何度かあったらしい。

「でも、わたくしが忍びの者としてではなく、ひとりのおなごとして抱いてほしいと思うたおひとは、平蔵さま、ただ、おひとりだけでございました」

おもんはひたと平蔵を見つめた。

「お慕《した》いしているおひとに抱かれたときのおなごの歓びは、命とつりかえにしても惜しくはないほど深いもの……」

つぶやくようにいうと、おもんは腰をよじって、平蔵のかたわらに寄り添い、平蔵の手をとると、襟《えり》ぐりをひらいて乳房にみちびいた。

おもんの乳房は五年前とすこしの変わりもない。

掌《てのひら》に吸いついてくるような滑らかなふくらみの先端の乳暈《にゅううん》はすでに粒だって、乳首は愛撫をもとめて硬くしこっている。

おもんは火のように熱い肌身をすりよせてささやいた。

「たとえ、ひとときでも、こうして平蔵さまと過ごすことができれば、もう、ほかに何も望むことはありませぬ」

――いじらしいことをいう……。

おもんの胸中に秘められた平蔵へのひそかな恋慕の情が、ひしと伝わってきた。

平蔵は腕をのばして、おもんの腰をすくいあげると奥の寝間に足をはこび、夜具に仰臥《ぎょうが》させた。

おもんは黒々とした双眸を見ひらいて平蔵を見あげながら、手早く帯紐《おびひも》を解き、小袖を肩からするりとはずし、両腕をのばして平蔵のうなじに巻きつけてきた。

なかばひらいた唇がせわしなく喘《あえ》いで、おもんは狂おしく口を吸いつけてきた。

肌着の裾《すそ》が割れて、くの字に曲げた太腿があらわになった。

過日の太腿の傷痕はなまなましく残っていたが、傷口は綺麗に癒着《ゆちゃく》していた。

その傷痕に平蔵の指がふれると、おもんはかすかな声をもらし、ひんやりとした素足をからみつかせてきた。

どんな強敵にも怯《ひる》むことなく立ち向かう女忍びにも、熱い血潮は流れて息づいている。

平蔵は無言でおもんの女体を抱きしめた。

おもんの女体は腹のくぼみから黒子《ほくろ》や、躰の傷痕にいたるまで熟知していたはずだったが、数年のあいだにおもんの女体は肌の艶《つや》から筋肉のつきようまでちがってきていた。

ひきしまった筋肉にはすこしのゆるみもなく、むしろ強靱《きょうじん》さがましているようだった。練り絹のような肌には微塵《みじん》の衰えもなく、滑らかな皮膚が平蔵の掌に吸いついてくる。

その練り絹のような肌身に過酷な勤めの証《あか》しでもある傷痕がいたるところに残っている。

その引き攣《つ》れた傷痕のいくつかには、平蔵の命とつりかえにしたものもある。

男なら刀傷のひとつやふたつ、どうということもないが、女にとってはぬぐいきれない負い目になるだろう。

深い惻隠《そくいん》の情が平蔵の胸を浸した。

平蔵がその傷痕のひとつひとつをいたわるようになぞると、おもんは素早く身をよじり、肌着を脱ぎ捨てて平蔵にすがりついてきた。

ふたりのあいだに無我忘我のときが流れていった。

哀憐《あいれん》と快楽《けらく》のときだった。

やがて、おもんは鞭《むち》のように躰を撓《しな》わせ、全身を鋭く痙攣《けいれん》させて極みにたどりついたあと、ゆっくりと四肢を解き放った。

平蔵は仰臥したまま、静かに気息をととのえ、心機を鎮めていった。

「平蔵さま……」

しばらくして、おもんがつぶやくようにいった。

「わたくしは三日あとに遠国《おんごく》に向かうことになっております」

「遠国……」

「はい。どこの藩とはもうせませぬが、その地にはこれまで組の手練《てだ》れを何人か送りこみました。しかし、なんの音沙汰《おとさた》もありませぬゆえ、ひそかに始末されたものと思われます」

「それを探りに行くのか」

「ええ。いっそ女忍《にょにん》のほうがよかろうというので、わたくしがまいることになりました」

おもんはひっそりと身をすりよせてきた。

「もしやして、これが今生《こんじょう》のお別れになるやも知れませぬ」

平蔵は無言でおもんの肌身を抱きよせた。

「ひとの生き死にはだれにもわからぬことよ。おれとても、いつ、どこの野面《のづら》で果てるか知れたものではない……」

「そのようなことをもうされますな……」

おもんは身をよじり、火のように熱い唇を吸いつけてきた。

「平蔵さまが堅固でおられると思えばこそ、わたくしは……わたくしは……」

おもんは喘ぎながらひしと平蔵にすがりついてきた。

「なんの……いずれは三途《さんず》の川とやらで遭《あ》えるかも知れぬぞ」

うっそりとつぶやくと、平蔵はむんずとおもんの肌身を抱きよせた。

土蔵の壁に切られた角窓から黄昏色《たそがれいろ》に染まりかけた空が見えている。

秋の終わりが足早に訪れてきたようだ。


（ぶらり平蔵　奪還　了）

参考文献

『江戸10万日全記録』 明田鉄男編著 雄山閣
『江戸あきない図譜』 高橋幹夫著 青蛙房
『市川の歴史』 市立市川考古・歴史博物館 市川市教育委員会
『市川の自然［発見・市川の自然］』 刊行委編 市川市
『大江戸八百八町・知れば知るほど』 石川英輔監修 実業之日本社
『もち歩き江戸東京散歩』 人文社編集部 人文社
『江戸幕府の代官』 村上直著 新人物往来社

コスミック・時代文庫

ぶらり平蔵《へいぞう》
決定版⑫奪 還

2022年 12 月 25 日　初版発行
2024年 4 月 6 日　2刷発行

【著 者】
吉岡道夫《よしおかみちお》

【発行者】
佐藤広野

【発 行】
株式会社コスミック出版
〒154-0002 東京都世田谷区下馬 6-15-4
代表　TEL.03(5432)7081
営業　TEL.03(5432)7084
FAX.03(5432)7088
編集　TEL.03(5432)7086
FAX.03(5432)7090

【ホームページ】
https://www.cosmicpub.com/

【振替口座】
00110-8-611382

【印刷／製本】
中央精版印刷株式会社

乱丁・落丁本は、小社へ直接お送り下さい。郵送料小社負担にて
お取り替え致します。定価はカバーに表示してあります。

ISBN978-4-7747-6438-2 C0193